LAURENT GAULET

OFFICIEL DE L'HUMOUR

F1RST
ÉDITIONS

ISBN : 978-2-412-10436-1
Dépôt légal : novembre 2025
Code Interforum : 1056048/01
Imprimé en France par Normandie Roto SAS en octobre 2025 (2503604)

Directrice éditoriale : Marie-Anne Jost-Kotik
Responsable éditoriale : Cyrielle Londero-Gobry
Illustrations de couverture et de titres : ©Manu Boisteau
Relecture : Anne Bianchin
Mise en pages : Olivier Frenot

Éditions First, un département d'Édi8
92, avenue de France
75013 Paris – France
Tél. : 01 44 16 09 00
Fax : 01 44 16 09 01
E-mail : firstinfo@efirst.com
Site Internet : www.lisez.com

LAURENT GAULET

L'OFFICIEL DE L'HUMOUR

FIRST
ÉDITIONS

Blagues à papa

Quel est le doigt le plus libre ?
Le majeur !

Qu'est-ce qu'un mariage en grande pompe ?
Un mariage de clowns !

Comment appelle-t-on un cadeau que l'on a perdu ?
Une surprise-partie !

Que dit un Portugais qui vient d'acquérir un nouveau téléphone ?
« Je vais choisir maçonnerie ! »

– Tu as mauvaise haleine ! dit un smartphone à un autre.
– Oui, lui répond ce dernier, je suis un Ail-phone...

Drôles de couples

Une femme à son homme…
– Comment ça va, mon cœur ?
– J'en sais rien, j'suis pas cardiologue !

Avant que son mari ne parte faire les courses, sa femme lui demande :
– Chéri, ajoute du ketchup sur la liste des courses !
– Mais je ne vais rien pouvoir lire ?

Un grand-père fait part de ses dernières volontés à ses enfants :
– Quand vous me mettrez dans mon cercueil pour effectuer mon dernier voyage, ne retirez pas l'alliance de mon doigt.
– Oui, promis. Comme ça, maman sera proche de toi…
– Non, c'est pas ça ! Quand le Tout-Puissant verra mon alliance… il comprendra que j'ai déjà connu l'enfer, et donc à moi le paradis !

– Chéri ? Tu me préfères maquillée ou sans maquillage ?
– Je préfère quand tu es moche au naturel !

– Chérie, qu'est-ce que tu aimerais le plus faire avec mon corps ? demande un homme à sa femme.
– Pouvoir l'identifier à la morgue !

Une femme qui s'apprête à faire son jogging quotidien demande à son mari avachi dans le canapé en compagnie d'un paquet de chips :
– Tu ne penses pas que tu devrais faire du sport ?
– Très bonne idée !
– Allez, enfile tes baskets et allons-y !
– Hein ? Ah non, pardon, j'avais compris « faire du porc » ...

Un homme se plaint encore de la cuisine de sa femme.
– Tu es de mauvaise foi, lui dit-elle. Ne me dis pas que tu ne m'as jamais vue réussir un plat.
– Oui, tu as raison...
– Ah ! Et c'était quoi, mon meilleur plat ?
– C'était à la piscine...

Devinettes

Pourquoi les brunes n'aiment-elles pas les blagues que l'on raconte sur elles?
Parce que ça les met de mauvais poil!

Que font les couples qui se rencontrent sur Internet?
Ils partent en lune de mails.

Comment appelle-t-on un homme sans jambes?
Un cul-de-jatte.

Et comment appelle-t-on l'enfant d'une manchote et d'un cul-de-jatte qui naît sans verge ni testicules?
Une fille!

Quel est le comble pour un boudin?
C'est de tomber dans les pommes.

Pourquoi la télévision ne tue-t-elle pas le couple?
Parce que l'amour, c'est regarder ensemble dans la même direction…

Comment appelle-t-on une femme sans bras?
Une manchote.

Comment se nomme la plus folle des fées?
La fée Lée.

Que dit un bébé-éprouvette à son père?
«Salut, branleur!»

À quoi reconnaît-on un Belge qui a une érection?
C'est celui qui a la frite!

Blagues coquines

Kate et William vont dans un restaurant asiatique.
– Que souhaites-tu manger ?
– Je vais prendre du canard.
– Laqué, Kate ?
– Aussi, mais le canard d'abord.

Un homme à sa femme :
– Ça te dit de passer une nuit super chaude ?
– Oui…
– OK, je coupe la clim.

À une amie, une jeune femme raconte une soirée avec un mec :
– On n'a pas arrêté de discuter. Il me disait que si je sortais avec lui, il allait faire chauffer la Visa !
– Et alors ?
– J'ai fini par accepter de sortir avec lui.
– Vous avez dû passer une belle soirée, non ?
– La Visa, c'était sa vieille Citroën…

Lors d'un entretien de recrutement :
– Vous avez déjà travaillé en équipe ?
– Les partouzes, ça compte ?

Alors qu'elle est en train de faire l'amour, une jeune femme demande à son amant :
– Tu as bien une protection ?
– Oui, t'inquiète pas, j'ai un trèfle à quatre feuilles dans la poche de mon jean.

– T'es comment au lit ? demande une fille à une rencontre Tinder.
– Une vraie bête !
– Genre ?
– Un paresseux…

Pourquoi les films pornos ne reflètent-ils pas la réalité ?
Parce qu'un plombier ou un livreur n'arrivent jamais aussi vite !

Comment emmerder le monde

Mangez des bonbons devant des enfants sans leur en donner !

Répondez à une petite annonce pour l'adoption de chatons et demandez au propriétaire quel est le temps de cuisson conseillé.

Faites une journée pickpocket : piquez les affaires de vos proches ou collègues, et cachez-les !

Marchez sur les pistes cyclables.

Remplacez la piñata d'une fête par un nid de frelons…

À la sortie de l'église et un string à la main, attendez les mariés, puis lancez la culotte à la figure de l'un des deux en hurlant: «Tiens, tu as oublié ça chez moi!»

On vous souhaite la bonne année? Répondez juste «merci» et ne la souhaitez pas en retour.

Courez sur une plage bondée de manière à envoyer du sable sur tout le monde!

Dans un échange en ligne, bloquez les gens au moment où ils sont en train d'écrire pour vous répondre.

Allez chez Quick et commandez... un Big Mac!

Décorez toute l'année l'extérieur de votre maison, de votre balcon, de votre jardin avec les décorations de Noël. Et à Noël, exposez celles d'Halloween!

Humour noir

– Dis maman, je pourrais avoir un petit chat à Noël ?
– Non, tu auras de la dinde comme tout le monde !

De retour de vacances, un gars reprend son travail et annonce à son collègue :
– Ma femme est décédée à Venise…
– Oh non ! Mais comment ça ?
– Écrasée par un bateau.
– Oh, désolé… Toutes mes gondoléances !

Quand Jeanne d'Arc s'est-elle éteinte ?
Environ une heure après sa mort !

Pourquoi la famille Dupont de Ligonnès n'est-elle pas à plaindre ?
Parce qu'ils prennent des vers en terrasse !

Un type reçoit chez lui une jeune femme qu'il a rencontrée sur Meetic.
– Je te préviens, lui dit-il, je vais avoir cinquante balais, mais j'ai toujours le corps d'un jeune homme de 18 ans !
– OK, prouve-le-moi…
– T'as qu'à ouvrir mon congélateur !

Comment les pédophiles comptent-ils leur argent ?
… 997 louis, 998 louis, 999 louis et mille louis !

En plein hiver, le facteur frappe à la porte d'une ferme :
– Bonjour, voici votre courrier ! C'est vous qui avez fait le bonhomme de neige, dehors ?
– Le bonhomme de neige ? Ah oui ! En fait non, c'est le pépé, le docteur nous a dit qu'il fallait lui mettre de la glace partout où il avait mal…

Où vont trois personnes qui meurent sous un train de banlieue ?
Six pieds sous TER.

L'abus d'alcool est dangereux pour la santé

Quelle est la chanson de Claude François préférée des alcooliques ?
« Hey, ma gnôle, là ! »

Quelle différence y a-t-il entre un alcoolique qui parle et un qui écoute ?
Un verre plein et un verre vide.

Quand le monde est-il devenu chiant ?
Le jour où on a décidé que le grand verre était pour l'eau et le petit pour le vin.

– Tu as meilleure mine que le mois dernier ! dit une femme à une amie.
– Oui, c'est parce que, maintenant, je prends l'apéro tous les jours !

Pourquoi dit-on à tort que l'alcool tue ?
Parce que beaucoup naissent grâce à lui !

Un type se confie à un autre...
– Mon docteur est un con... Ça fait des années que je vais le voir pour lui dire que je prends de la bouteille et qu'il me dit que c'est parfaitement normal !
– Oui, et ?
– Et il vient seulement de comprendre que je suis alcoolique !

Que ne doit-on pas demander à un alcoolique ?
Tu veux une bière ?
... **Alors que doit-on lui demander ?**
Tu veux combien de bières ?

Qui ne voit jamais la rosée du matin ?
Ceux qui boivent du rosé la veille...

Pour un alcoolique, quelle est la meilleure façon de ne pas baisser les bras ?
C'est de lever le coude !

Je suis c'est comme

J'aime pas les films avec des glagladiateurs. C'est comme des gladiateurs, mais leurs torses nus me donnent frissons !

———

Je suis très bouce. C'est comme douce, mais seulement des lèvres.

———

Je suis tellement pelle ! C'est être tellement belle qu'ils veulent tous m'en rouler une…

———

J'aime qu'on me raconte des lasagnes. C'est comme des salades, mais c'est tellement meilleur !

———

J'ai un corps de crève. C'est comme un corps de rêve, mais proche de la mort.

———

Je suis bonne. C'est comme conne, mais j'ai été sauvée par le correcteur automatique.

Je suis trompette. C'est comme pompette, alors je parle trop fort…

Je me sens très Porsche de toi. C'est comme proche de toi, mais ce n'est que parce que tu as une belle bagnole !

Je fais du karmasousdraps. C'est pas du tout comme le *Kama-sutra*, j'ai juste pas de bol : je dors seul !

Il me trompe. Ce n'est pas comme être cocue, mais c'est parce que ce mec est un éléphant !

Je suis super *hot*. T'emballe pas, c'est pas comme chaude ! C'est juste que ce siège est trop élevé pour moi et que j'ai l'accent du Sud !

Blagues à Toto

Toto entre dans une pharmacie et demande :
– Je voudrais quatre douzaines de préservatifs d'un peu toutes les tailles !
– Euh... co... comment ? balbutie le pharmacien.
– Quatre douzaines de préservatifs d'un peu toutes les tailles ! insiste Toto.
– Écoute, mon petit, non seulement ce n'est pas pour les enfants, mais ce serait plutôt à ton papa de faire ce genre d'achats.
– Alors non seulement c'est justement fait pour ne pas avoir d'enfants, répond Toto sans se démonter, mais mon papa ne doit pas le savoir parce que c'est pour ma maman qui part quinze jours au Cap d'Agde !

Toto rentre de l'école et demande à son papa :
– Dis, c'est vrai que les lunettes, ça grossit tout ?
– Oui...
– Tu veux mettre tes lunettes, papa ?
– Et pour quoi faire ?
– Ben... je dois te montrer mon relevé de notes.

Toto téléphone à sa maîtresse :
– Bonjour, madame. Je vous appelle parce que mon fils ne pourra pas venir aujourd'hui. Il est malade.
– Très bien… Qui est à l'appareil ?
– C'est papa…

Toto ne cesse de harceler sa maîtresse en lui demandant de lui montrer le dernier iPhone qu'elle vient de s'acheter. Pour couper court à sa requête, la maîtresse lui lance un pari :
– Si tu es capable de répondre à ma question, je te le prête ! Dans Le Cid, Pierre Corneille a écrit : « Nous partîmes cinq cents ; mais par un prompt renfort – Nous nous vîmes… » combien en arrivant au port ?
– Trois mille ! répond instantanément Toto.
La maîtresse est stupéfaite, mais tient sa promesse et tend l'iPhone à Toto.
– Maintenant, Toto, pose-moi une question et si j'y réponds, tu me le rends.
– D'accord… fait Toto. Pouvez-vous me donner le nom de ces trois mille personnes ?

La maman de Toto le dispute :
– Arrête un peu de faire des grimaces à ce bouledogue !
– Mais maman ! C'est lui qu'a commencé !

Drôles d'animaux

Quand les lapins ne peuvent-ils plus courir ?
Quand ils sont les civets…

Un koala est surpris d'en rencontrer un autre :
– Tiens ? Tu fais koala ?

Un pigeon s'adresse à un pote pigeon dépressif :
– Alors, comment ça va, aujourd'hui ?
– Pas bien du tout…
– Bon. Allez, viens avec moi, on va chier sur les gens, tu te sentiras mieux !

Que prend un éléphant quand il entre dans un bar ?
Beaucoup de place.

Un paysan fait de l'autostop avec sa vache. Un automobiliste s'arrête. Le paysan accroche sa vache derrière la voiture et monte s'asseoir à côté du conducteur, qui s'inquiète :

– Vous avez accroché votre vache à ma voiture ?

– Ouais, mon gars !

– Mais elle ne va pas pouvoir suivre !

– Oh que si, elle va suivre !

L'automobiliste démarre et roule au pas. Voyant que la vache suit sans difficulté, il accélère à 20 km/h, puis 40 km/h. La vache court tranquillement derrière. Et il accélère encore jusqu'à 80 km/h. Le conducteur regarde dans le rétro et constate que la vache tire la langue.

– Je crois que votre vache fatigue !

– Ah ?

– Oui, elle tire la langue ! Je ralentis ?

– De quel côté elle tire sa langue ?

– À gauche.

– Ça, mon gars, c'est qu'elle veut doubler !

En broutant dans un pré, un taureau découvre un gant Mapa… « Tiens, se dit-il, qui est la salope qui a oublié son soutien-gorge ici ? »

Les hommes les femmes

Quel point commun y a-t-il entre un chat et le sexe d'un homme ?
Ils ne savent pas ce qu'ils veulent : dedans, dehors, dedans, dehors…

Quand une femme peut-elle entendre « très belle robe ! » de la part de son mari ?
Quand il goûte un vin.

Qui a mis toutes les femmes à quatre pattes ?
Monsieur Propre !

Quelle est la différence entre les hommes et les chiens ?
Les hommes ne peuvent pas se lécher le cul.

Quel est le super-pouvoir des femmes ?
Pouvoir casser les couilles sans y toucher !

Quelles sont les femmes qui savent garder un secret ?
Les sourdes.

Quel point commun y a-t-il entre un homme marié depuis vingt ans et un vieux tube de dentifrice ?
Ça veut plus sortir !

Quels sont les deux principaux problèmes des femmes ?
N'avoir rien à se mettre et pas assez de place pour ranger toutes leurs affaires.

Où faut-il placer son mec sur une photo de groupe ?
À une extrémité, pour un jour pouvoir recadrer la photo sans lui.

Monsieur et Madame...

Monsieur et Madame **Douitche-Jéfin** ont un fils. Comment l'appellent-ils ?
Vincent (Vingt sandwichs, j'ai faim).

Monsieur et Madame **Draissamaire** ont un fils. Comment l'appellent-ils ?
Yvan (Il vendrait sa mère).

Monsieur et Madame **Fassolasido** ont un fils. Comment l'appellent-ils ?
Rémi (Ré mi fa sol la si do).

Monsieur et Madame **Hairgébel** ont un fils. Comment l'appellent-ils ?
Octave (Oh, que ta verge est belle !).

Monsieur et Madame **Hodepor** ont un fils. Comment l'appellent-ils ?
Frank (Franco de port).

Monsieur et Madame **Issoitil** ont une fille. Comment l'appellent-ils ?
Maude (Maudit soit-il !).

Monsieur et Madame **Abékilébau** ont un fils. Comment l'appellent-ils ?
Oscar (Oh, c'scarabée qu'il est beau !).

Monsieur et Madame **Baise** ont un fils. Comment l'appellent-ils ?
Théo (T'es obèse).

Monsieur et Madame **Assin** ont un fils. Comment l'appellent-ils ?
Marc (Marcassin).

Trop blondes

Dans une pharmacie, une blonde tend une ordonnance au pharmacien. Ce dernier lui demande :
– Vous souhaitez vos anti-inflammatoires en gel ?
– Oui, mais je m'appelle Sophie, pas Angèle.

Une fille téléphone en pleurs à une amie blonde :
– J'ai perdu ma tante ! lui annonce-t-elle.
– Oh merde… T'avais pas planté de sardines ?

Un homme à sa femme blonde :
– Pour notre anniversaire de mariage, si on essayait la Grèce ?
– Je préfère la vaseline…

Un patron se présente auprès d'une employée blonde :
– Bonjour, mademoiselle, je suis le P.-D.G.
– Bonjour, Gé.

Un docteur donne les résultats de son échographie à une blonde :
– Tout d'abord, je tiens à vous rassurer, il n'y a rien de grave. Cependant, je dois vous dire que votre enfant a quelques malformations...
– Oh... Mais pourquoi a-t-il des malformations ?
– Plusieurs facteurs peuvent l'expliquer...
– Ah ben, oui, va falloir qu'ils m'expliquent ! Merci, La Poste !

Lors d'un *date*, une blonde consulte son téléphone. Le gars lui demande :
– Tu as beaucoup d'applis mobiles ?
– ... en avant les histoires ! Je les ai conservés dans un carton, mais je n'y joue plus.

En rentrant chez elle, une fille découvre sa colocataire blonde avachie dans le canapé.
– Mais qu'est-ce que tu fais là, tu ne devais pas commencer à travailler au pressing, aujourd'hui ?
– Si, mais quand je suis arrivée, ils m'ont demandé de repasser...

Blagues à papa

Que dit un prêtre après avoir uni deux lamas ?
Vous pouvez embrasser lama-riée.

Comment s'appelle le navire de Batman ?
Bateau.

Où les musulmans achètent-ils leurs chaussures ?
Halal aux chaussures.

Comment dit-on « quel abruti ! » en marseillo-japonais ?
Kékon !

Quel est le secret d'une fête réussie dans le pays dauphinois ?
C'est lorsque tout le gratin est là !

Comment appelle-t-on un agent secret qui n'a pas de cerveau ?
James Blonde !

Que nous dirait une machine à café si elle pouvait parler ?
Je suis ton père… colateur !

Pourquoi est-ce propre chez Panoramix ?
Parce qu'il a passé la serpe hier.

Quelle était la devise du comte Harboure ?
« Cinq, quatre, trois, deux… »

Une molaire à une autre molaire :
– On sort ensemble ce soir ?
– Je ne peux pas, j'ai un bridge…

Souhaitez-vous quelques phrases de Corneille, histoire de remonter un peu le niveau ?
Croooa ! Croooa ! Croooa !

Atroces et bien dégueues

Quels sont les deux types de parents?
Ceux qui autorisent leur enfant à lécher le chocolat sur les pales du batteur et ceux qui l'éteignent avant...

Un petit-fils rend visite à sa grand-mère.
– Ah, mamie, comme je suis content de te voir... Je t'aime, tu sais? Je te dois tout!
– Vite fait dans la cuisine, papi ne va pas tarder à arriver.

– Dis-moi, ça n'a pas l'air d'aller, tu déprimes ou quoi? demande un type à un collègue.
– Si tu savais... Je viens de surprendre ma femme au lit en train de faire l'amour avec mon plus fidèle ami!
– Non!
– Si.
– Qu'est-ce que tu as fait?
– Je l'ai ramené à sa niche et je l'ai privé de croquettes!

Sur quel bobo le « bisou magique » ne fonctionne-t-il pas ?
Sur les hémorroïdes.

Un petit enfant frappe à la porte de la chambre de sa maman…
– Qu'est-ce qu'il y a ? lui demande-t-elle.
– Maman, j'ai peur, il y a un monstre sous mon lit… Je peux venir dormir avec toi ?
– Pas question ! Retourne dans ta chambre ! Je ne veux pas que le monstre te suive jusque dans la mienne pour me tuer !

Qu'est-ce qui est tout bleu et qui fait *bye bye* ?
Une main coincée dans une porte.

– À chaque fois que je faisais l'amour, j'avais les yeux rouges ! confie un type à son voisin de cellule.
– À cause de l'émotion ?
– Non, des gaz lacrymogènes.

Perles des assurances

« Le clignotant de la voiture clignotait tellement vite que je n'ai pas compris tout de suite qu'il clignotait. »

« Le type a pris la foudre d'estafette. »

« On me reproche de ne pas avoir mis mes codes, mais sachez que le Code, je l'ai depuis longtemps, sinon je n'aurais pas le permis ! »

« Pour éviter la voiture devant, je suis rentré dans le piéton. »

« La voiture invisible est arrivée de nulle part et est repartie sans que je ne la voie. »

«Mon garage s'ouvre électriquement. En voulant rentrer chez moi, je me suis trompé de garage et j'ai défoncé la porte du voisin.»

———

«En voulant passer par-dessus elle, j'ai pris mon pied… et je suis tombé.»

———

«Ma femme est morte dans l'accident et il me reste encore des animaux à charge.»

———

«Il m'est rentré dedans sans même me prévenir.»

———

«Je vous signale que la personne qui est venue nous dépanner n'était pas aimable du tout.»

———

«Le type était au volant de sa toiture.»

———

«L'autre automobiliste a été renversé par un vélo.»

———

Les dragueurs

Un gars drague en vain une fille :
– Quel est le problème ?
– Ben… t'es pas mon genre.
– Je te plais pas physiquement ?
– Non.
– Mais tu sais, j'ai une belle lumière intérieure !
– Mon frigo aussi.

Qui sont les hommes enrhumés ?
Ceux qui se prennent des vents.

Un type drague une fille :
– Tu travailles dans quoi ?
– Je suis chanteuse.
– Génial, ça tombe bien, j'ai un micropénis !

Un type drague lourdement une fille :
– J'aime les voyages… lui révèle-t-il.

– Et tu voyages beaucoup ?
– Pas mal, ouais.
– C'est quoi ta prochaine destination ?
– Ton lit.

Une fille à un mec qui n'arrête pas de la draguer :
– Toi, t'es comme un manège à sensations fortes…
– T'as raison, je peux te donner des sensations fortes !
– Non, tu me fous la gerbe !

– À quoi tu penses en me regardant ? dit un type à une fille qu'il drague.
– À la plage… Un jour de grande tempête où la mer est déchaînée…
– Génial ! Et donc…
– Et donc, *RED FLAG* !

Un garçon à une fille :
– Ça te dirait de venir faire un tour chez moi après la soirée ?
– C'est délicat, je dois t'avouer que je suis comme l'huile d'olive, tu sais…
– Oui, tu es grasse ?
– Non, vierge ! Connard !

Les plus courtes sont les meilleures

Une fille se fait prendre en stop. À peine installée dans la voiture, elle dit au conducteur :
– Belle caisse !
– Ah… Vous l'avez entendue ?

———

Un type se confie à un ami :
– Est-ce que je t'ai déjà dit que j'avais une demi-sœur en Australie ?
– Non… D'un père différent ?
– Non, à cause d'un requin.

———

Un type à un pote :
– J'ai un feutre avec lequel je peux écrire sous l'eau !
– C'est vrai ?
– Oui, je peux écrire plein d'autres choses, aussi.

———

Deux amis se croisent :
– Salut, ça va ?

– Ça va.
– OK… Tu pourrais me demander si ça va aussi, non ?
– Je pourrais, mais j'en ai rien à battre.

Un dealer à un client :
– Tu veux mon Instagram ?
– Un gramme de quoi ?

Un type en train de se noyer appelle un passant à l'aide :
– Au secours, j'ai pas pied !
– Ciseaux, t'as perdu !

Le saviez-vous ?
Les champignons n'ont pas de sexe. L'inverse n'est pas vrai.

Cinq supporters de l'Inter de Milan entrent dans un bar parisien.
– Qu'est-ce que je vous sers ? demande le barman.
– Cinq Coca, s'il vous plaît.
– Je n'ai plus de Coca normal… Je vous mets cinq Zéro ?

Les copains, les copines

– Tu m'as dit que tu allais perdre rapidement du poids, mais je vois que tu as toujours ton ventre ! dit un gars à un ami.
– Oui, le docteur m'a dit de faire des séries d'abdominaux tous les jours...
– Et tu ne le fais pas ?
– Je n'ai pas trouvé la série *Abdominaux* sur Netflix, mais c'est pas grave, j'en regarde d'autres !

Une fille à son amie :
– Le docteur m'a conseillé de faire du tapis de course pour perdre du poids.
– Il n'a pas tort... Tu as commencé ?
– Oui, j'ai fait huit secondes de tapis !
– Comment ça ?
– Le pot de Nutella a mis exactement huit secondes pour parcourir tout le tapis jusqu'à la caissière !

Une fille à sa copine :
– Fait chier ce téléphone ! La reconnaissance faciale ne marche plus !
– Bah, normal... Vu comment tu t'es maquillée...

Trois filles discutent :
– Qu'est-ce que tu fais pour te sentir plus légère ? demande la première.
– Je pose mon sac à main ! répond la seconde. Et toi ?
– Moi, je confie mes mauvaises pensées. Et toi ? demande-t-elle à la troisième.
– Moi ? Je fais caca...

Une femme désespère de trouver un jour l'homme de sa vie.
– Franchement, je crois que je finirai seule... Mais qu'est-ce que j'ai de moins que les autres nanas pour mériter ça ?
– Rien ! Au contraire, tu as un truc en plus que les autres, lui répond son amie.
– Ah oui ? Quoi donc ?
– La poisse...

Comment emmerder le monde

Versez du Tabasco sur les bonbons présentés dans des coupelles.

Coupez l'électricité pendant que votre conjoint est aux toilettes ou en train de se sécher les cheveux.

Prenez votre temps lors de vos passages en caisse, rangez lentement vos courses, cherchez votre carte bleue, discutez avec la caissière.

Sur les plateformes de vente, faites des offres d'achat supérieures au prix de vente affiché… et, bien évidemment, n'achetez pas quand le vendeur aura accepté l'offre !

Marchez dans toutes les merdes de chien avant de vous rendre chez quelqu'un ou de monter dans sa voiture !

Donnez le numéro de téléphone d'un con à tous les enfants que vous croisez en leur disant que c'est celui du père Noël !

Dans un wagon, faites jouer toutes les sonneries disponibles de votre téléphone portable.

Tutoyez ceux qui vous vouvoient ! Et dès lors qu'ils se mettent à vous tutoyer aussi, vouvoyez-les !

Remplissez un carton Amazon avec la litière de votre chat, déposez-la devant votre porte et attendez que quelqu'un la vole.

Rayez les codes-barres et retirez méthodiquement les étiquettes de prix de tous les produits avant de passer en caisse !

Quand vous entrez ou sortez d'une pièce, ne fermez jamais la porte. Même celle des toilettes…

Dieu & Co.

Deux hommes font du porte-à-porte :
– Avez-vous trouvé Jésus ? demandent-ils à la personne qui vient de leur ouvrir.
– Parce que vous l'avez encore perdu ? Mettez de plus gros clous !

Jésus joue au golf. Il frappe la balle, qui tombe dix mètres plus loin dans la mare. C'est alors qu'un poisson saute et la frappe avec sa queue. La balle repart en direction de la forêt, mais un fort vent redresse sa course vers le green. Un oiseau passe, chope la balle dans son bec, vole jusqu'au green et la lâche directement dans le trou. Jésus lève alors les yeux au ciel et dit :
– Papa ! Laisse-moi jouer…

Un juif emprunte un taxi, mais celui-ci a un accident. Il fait trois tonneaux et reste retourné. L'homme est coincé dans le véhicule et hurle :
– À l'aide ! À l'aide ! Aidez-moi, je vous en supplie !

Les secours arrivent dix minutes plus tard pendant que le juif hurle toujours :
– À l'aide ! Par pitié, venez vite !
– N'ayez pas peur, monsieur, nous allons vous dégager de la voiture !
– Par pitié ! Dépêchez-vous d'arrêter le compteur ! ! !

Adam s'ennuie et demande à Dieu de lui créer un être de compagnie. Dieu lui montre un prototype et lui dit :
– Voilà ce que je peux faire. Je l'ai appelé « femme ». Ça te coûtera une jambe !
– Elle est magnifique et très intelligente, mais n'est-elle pas trop belle ?
Dieu reprend son prototype et en réalise un deuxième.
– Tiens ! Elle est vilaine, mais ça ne te coûtera qu'un bras.
– Oui, elle est vilaine. Mais n'est-elle pas trop intelligente ?
Dieu reprend son prototype et en réalise un troisième.
– Tiens ! Elle est vilaine et pas très futée. Ça te coûtera une main. Ne préfères-tu pas l'un de ces animaux que j'ai dessinés pour te tenir compagnie ?
– Non. L'idée d'avoir une femme me plaît bien, mais une main… Que pourrais-tu faire pour une côte ?

Drôles de couples

Une femme à son mari :
– Tu ne trouves pas que j'ai de beaux restes ?
– J'sais pas… Y a quoi dans le frigo ?

———

– Chéri, je vais commencer un régime, mais pour y parvenir, je vais avoir besoin d'être motivée et que tu m'y encourages…
– OK. Allez, vas-y, ma grosse !

———

Une enfant à sa mère :
– Pourquoi c'est jamais papa qui me donne de l'argent de poche ?
– Papa ne donne jamais rien.
– À toi non plus, il ne donne rien ?
– Non. Si j'avais attendu qu'il donne quelque chose, même toi tu ne serais pas née !

———

Un homme rentre chez lui et constate que sa femme n'est pas là... Sur le lit, il découvre un mot sur lequel il est écrit : « Je ne veux plus vivre avec toi, je m'en vais ! »
L'homme s'empare alors d'un stylo et écrit à son tour un mot sur le papier, qu'il repose sur le lit. Le cœur léger, il chantonne, puis passe un coup de téléphone :
– Allô, mon cœur ? Ma femme m'a quitté ! Je viens chez toi... J'arrive de suite !
À peine a-t-il claqué la porte que sa femme sort de sa cachette, sous le lit... Folle de rage, elle s'empare du mot et lit : « Arrête tes conneries, on voit tes pieds qui dépassent de sous le lit ! Prépare à manger, je vais acheter le pain. »

– M'aimes-tu toujours malgré le temps qui passe et ma prise de poids ? demande une femme à son époux.
– Oui... Tu étais ma moitié, tu es devenu mon trois quarts...

Une femme fait une scène de ménage à son mari :
– Calme-toi, lui dit ce dernier, je n'ai aucunement l'intention de me disputer avec toi.
– Ah, parce que c'est avec une autre que tu veux te disputer ? !

Trop blondes

Un homme entre chez un coiffeur. Ne sachant pas s'il doit patienter, il demande à une coiffeuse blonde :
– Excusez-moi… on fait la queue ?
– Non, monsieur, on ne fait que les têtes !

Une blonde téléphone à un tatoueur :
– J'aimerais bien me faire tatouer, mais… ça fait mal ?
– Ça dépend de la zone.
– J'habite le 5e arrondissement, à Marseille.

Une femme à une amie blonde :
– Tu as des grands-parents ?
– Non, ils sont plutôt petits…

Que fait une blonde qui souffle dans l'oreille d'une autre blonde ?
Un transfert de données.

– Avec qui tu fais l'amour en ce moment ? demande une blonde à une copine.
– Avec Godefroy.
– Ah... Et tu ne peux pas le chauffer un peu avant de t'en servir ?

Un gendarme interpelle une automobiliste blonde qui vient de commettre une grave infraction :
– Pouvez-vous me présenter votre permis, s'il vous plaît ?
– Tenez, dit la blonde en tendant le document.
– La mauvaise nouvelle, c'est que vous allez devoir le repasser !
– Je ne comprends pas... Il est froissé ?

– J'aimerais bien avoir des jumeaux, confie une fille à son amie blonde.
– Pas moi ! Je ne voudrais pas être enceinte pendant dix-huit mois !
– Au moins, tu sais multiplier...

– Tu es amoureuse ? demande une fille à son amie blonde.
– Bah non, on est à Marseille, là !

Les questions cons

Là où Talibans… t'as des chaises aussi ?

Celui qui a un grand appétit sexuel… il fait des repas qu'au pieu ?

Appeler son enfant Malo… c'est pour un jour dire : « Il marche Malo » ?

Lutter contre la calvitie… c'est peigne perdu ?

Puisque le corps du Christ, c'est le pain… ne se serait-il pas levé de sa tombe à cause de la levure ?

La pêche aux moules… c'est quand même plus dégueu que la pizza à l'ananas ?

Fabrique-t-on du Serrano à Bergerac ?

Un laïque... c'est un pouce bleu sur Facebook ?

Qu'est-ce qui peut changer ta démarche... les talons ou l'étalon ?

Avec le réchauffement climatique... la pizza quatre saisons risque-t-elle de disparaître ?

En Australie, est-ce qu'ils roulent avec des Kangoo roux ?

Peut-on manger les moules de Hollande sans rendre jaloux l'ancien président ?

Les acteurs Noiret, Blanc ont-ils fait des films en couleur ?

La ronde des métiers

Livreur

Un livreur Uber Eats téléphone à son chef :
– Je n'ai pas pu livrer, il n'y avait personne !
– Tu as assez sonné ?
– Je n'avais ni sel ni poivre…

———

Gendarme

Un commandant de gendarmerie annonce à un gendarme :
– Vous devez retrouver un homme avec un seul œil.
– Ah… Ce ne serait pas plus facile avec les deux ?

———

Coureur cycliste

Lors d'un contrôle antidopage, un cycliste échange son urine contre celle de sa femme. La direction de la course le convoque peu de temps après et lui annonce son exclusion.
– Mais pourquoi ? Je ne suis pas dopé, il y a une erreur ! proteste le coureur.
– Vous n'êtes pas dopé… mais vous êtes enceinte !

———

Restaurateur

Dans un restaurant, un commis annonce à son chef:

– Chef! Je vous présente Lee Huang.

– Mais qui est-ce?

– C'est un touriste, je lui ai demandé de venir...

– Mais pourquoi?

– Chef, vous m'avez demandé d'aller chercher un chinois pour filtrer la préparation!

Assureur

Une femme se rend chez un assureur et lui demande un devis pour l'assurance de son véhicule.

– En tous risques, cela vous reviendrait à quarante euros par mois.

– Bien. Et la franchise?

– Vous êtes très moche.

– Pardon?!

– Oui, chez nous, la franchise est offerte.

Facteur

– Tu n'as rien de prévu ce soir? s'étonne un gars auprès un ami.

– Si, je suis invité chez un pote. Tu sais, le facteur!

– Ah oui! Mais tu ne devrais pas déjà y être?

– Si, mais bon, je vais lui laisser un avis de passage pour dire que je repasserai demain.

Humour noir

Un motard en Harley-Davidson aperçoit une femme sur le parapet d'un pont, prête à se jeter dans le vide. Il stoppe la moto à sa hauteur et lui demande :
– Mais que faites-vous ?
– Je vais me suicider !
– Ne faites pas ça, c'est idiot ! Pour quelle raison voulez-vous vous tuer ?
– Les hommes ne veulent pas de moi… Je ne veux plus vivre !
– Attendez… Attendez… Moi, je veux bien de vous, par exemple !
– C'est vrai ? Vous pourriez m'embrasser ?
– Oui…
La femme descend du parapet et embrasse goulûment le motard.
– Vous voyez, lui dit ensuite ce dernier, les hommes veulent bien de vous !
– Oui… Mais le problème, c'est aussi que mes parents ne veulent pas que je m'habille en fille !

Deux copines d'école se retrouvent après de nombreuses années.
– Que deviens-tu ?
– Je viens de perdre mon troisième mari.
– Tu t'es mariée à trois reprises, et les trois sont morts ?
– Oui, les deux premiers sont morts après avoir mangé des champignons empoisonnés !
– Et le dernier ?
– D'un coup de rouleau à pâtisserie derrière la tête. Il ne voulait pas manger ses champignons…

Dans une chambre d'hôpital, une femme se penche sur son père malade et lui dit :
– Un arbre, ça a des… ?
– Des branches.
– D'accord. C'est fait, bon voyage.

Une femme à une connaissance :
– Le week-end dernier, mes enfants ont refait surface !
– C'est bien les enfants, ça ! Ils ne viennent nous voir que quand ils ont besoin de nous !
– J'en sais rien… Me concernant, ce doit être les poids pour les lester au fond de l'eau qui ont dû céder…

On ne dit pas

On ne dit pas « C'est excellent », mais on dit « Mon tableur rame ».

On ne dit pas « Koh-Lanta », mais on dit « J'ai fait un pâté avec la glue ».

On ne dit pas « J'ai fait une coloscopie », mais on dit « J'ai réalisé la contrefaçon d'une statue ».

On ne dit pas « *I need I go* », mais on dit « La maire de Paris ».

On ne dit pas « Mes potirons », mais on dit « Mes copains partiront sans moi ».

On ne dit pas « T'habites à l'étage ? », mais on dit « Ton sexe à sperme ».

On ne dit pas « Le havre de paix… », mais on dit « Flatuler en Normandie ».

On ne dit pas « Un égocentrique », mais on dit « Il a une forte estime de lui, mais il bande mou ».

On ne dit pas « L'amour sincère », mais on dit « La pénétration ».

On ne dit pas « Je cherche l'élu », mais on dit « Où sont les gâteaux ? »

On ne dit pas « Des bouchers à l'arène », mais on dit « Des toréadors ».

On ne dit pas « Un refus d'obtempérer », mais on dit « Ne pas vouloir sa boisson tiède ».

Hommes et femmes en blanc

Un médecin ausculte un patient :
– Ça vous arrive, de sauter des repas ? lui demande-t-il.
– Oui, principalement le poulet froid.
– Le poulet froid ?
– Bah oui, quand il est chaud, ça brûle la bite !

Un docteur à sa patiente :
– Vous devriez faire un peu de sport. Vous courez un peu ?
– Je cours beaucoup… après l'amour.

– Tu t'es rendu chez ta cardiologue faire le test pour ton cœur ? demande un gars à un ami.
– Oui, mais elle m'a demandé de faire du vélo ! Alors, je suis parti.
– Mais tu t'attendais à quoi, comme test ?
– À un strip-tease…

Un homme se présente aux urgences de l'hôpital avec le visage en sang et plein d'ecchymoses.
– Que vous est-il arrivé ? lui demande un docteur.
– Ma femme s'est cogné la tête dans une baie vitrée, alors…
– Vous aussi ?
– Non, moi, j'ai rigolé…

Quelle différence y a-t-il entre un gynécologue et un urologue ?
L'odeur du doigt.

Une femme se rend chez son gynécologue :
– Vous perdez beaucoup pendant vos règles ? lui demande-t-il.
– Oui. Une vingtaine de clients par jour.

Quel est le point commun entre un gynécologue myope et un chien ?
Ils ont tous les deux le nez humide.

Mots d'esprit

« Ma femme et moi, nous nous entendons parfaitement ; je n'essaie pas de diriger sa vie et je n'essaie pas de diriger la mienne. »

Pierre Desproges

« Acheter est bien plus américain que penser. »

Andy Warhol

« L'âge ne compte pas, à moins d'être un fromage. »

Billie Burke

« Aucun cheval de course n'est capable de filer aussi vite que l'argent qu'on a misé sur lui. »

Coluche

« Beaucoup trop payé pour ce que je fais, mais pas assez pour ce que je m'emmerde. »

Daniel Pennac

« Elle est d'une intelligence exaspérante, mais d'une laideur bien consolante. »

Daphné du Maurier

« Le voisin est un animal nuisible assez proche de l'homme. »

Pierre Desproges

« Un gentleman est un monsieur qui, lorsqu'il rencontre une femme entre deux âges, opte pour le moins vraisemblable. »

David Niven

« Si la fortune vient en dormant, ça n'empêche pas les emmerdements de venir au réveil. »

Pierre Dac

Les hommes les femmes

Qui, de l'homme ou de la femme, est le meilleur chercheur ?
La femme. Elle ne dit jamais « Regarde ce que j'ai acheté », mais toujours « Regarde ce que j'ai trouvé ! »

Quand une femme crie-t-elle : « Oh mon Dieu, qu'elle est grosse ! » ?
Quand elle voit une araignée.

Que dit une femme énervée juste avant d'engueuler son homme pendant une heure ?
« Je préfère me taire… »

Comment un homme peut-il faire rire une femme ?
En lui disant : « C'est moi qui commande ! »

À quoi servent les blondes?
À faire croire aux autres femmes qu'elles sont intelligentes!

Quel est le sport le plus extrême?
Contredire sa femme.

Pourquoi les hommes divorcés ne s'en sortent-ils pas?
Parce qu'ils ne peuvent pas obtenir la garde des neurones!
Un gendarme contacte son supérieur:
– Chef! Nous sommes sur les lieux où une détonation nous a été signalée. Il s'agit d'une femme qui a tiré sur son mari parce qu'il avait marché sur le carrelage alors qu'il n'était pas sec!
– Bien. Vous avez interpellé cette femme?
– Pas pour le moment, le carrelage n'est pas encore sec…

Une fille à une copine:
– À quel temps est la phrase: «Je cherche un mec fidèle»?
– C'est du temps perdu.

Devinettes

Quelle différence y a-t-il entre une colo à 10 ans et une colo à 60 ans ?
À 10 ans, la colo est au bord de la mer, à 60, elle est dans le rectum.

Pourquoi les huissiers ne rient-ils pas aux blagues ?
Parce qu'ils ne les ont pas saisies.

Pourquoi les schizophrènes font-ils grève ?
Parce qu'ils réclament un treizième moi.

Comment appelle-t-on un bisexuel qui n'admet pas sa sexualité ?
Un bikini.

Qu'est-ce qu'on gagne lorsqu'on croque la fève dans la galette ?
Une couronne chez le dentiste !

Que faut-il faire pour réussir son entretien d'embauche à la SNCF ?
Y arriver avec deux heures de retard !

Quel pays contient phonétiquement deux choses qui puent ?
Le Pérou.

Qu'est-ce qu'une putain d'année ?
Une putain de galette des rois en janvier, une putain de Saint-Valentin en février, des putains d'allergies en mars, des putains de blagues en avril, des putains de ponts en mai, des putains de moustiques en juin, des putains de touristes en juillet, une putain de chaleur en août, une putain de rentrée en septembre, une putain de nuit qui tombe trop vite en octobre, un putain de temps gris en novembre et des putains de courses de Noël en décembre !

Comment se débarasser des cons

La méthode pacifique

Et dire que, pour vivre en paix et en harmonie, il suffirait que tout le monde se donne la main ! Prêchez la bonne parole et voici la devise que vous ferez vôtre et que vous colporterez : « Si je donne la main à un con, c'est dans sa gueule ! »

Se débarrasser définitivement d'un con

Faites de votre con un recordman ! Par exemple, d'apnée. Le record mondial est de 11 minutes 35 secondes. En maintenant fermement sa tête sous l'eau, ce devrait être possible. Le record en apnée dynamique sans palmes est de 232 mètres. En lestant bien votre con, il pourrait même exploser ce record et, à défaut de celle de sa connerie, vous pourriez sonder la profondeur de la mer !

Se débarrasser d'un démarcheur téléphonique

– Bonjour, Madame Martin. Pourrais-je parler à Monsieur Martin, s'il vous plaît ?

– Non, je suis désolée…
– Il est absent ? À quel moment puis-je le rappeler ?
– Il est mort.

La réplique anti-cons
– Sais-tu comment on reconnaît une ânesse en chaleur ?
– Non…
– Si tu ne sais pas… c'est que t'es plus con qu'un âne !

La méthode machiavélique
Obtenez un référendum d'initiative populaire en lançant une pétition pour que les cons soient reconnus comme étant des animaux nuisibles. Lorsque les votants auront répondu par l'affirmative à ce référendum (les cons seront suffisamment cons pour voter oui), vous pourrez, en toute légalité, utiliser les pesticides pour vous en débarrasser !

La réplique anti-cons
« Quand ta connerie commence à pleuvoir, il faut un sacré parapluie ! »
D'après une réplique du film Cinq jours en juin *(1989), de Michel Legrand*

Trop blondes

Une blonde à une amie :
– J'ai été virée de mon nouveau job ! Un gros con, le boss !
– Qu'est-ce qui s'est passé ?
– D'un seul coup, il me dit : « Vouvoyez-moi ! »
– Et ?
– Je lui réponds un truc normal : « Bah oui, je vous vois, vous êtes pas invisible ! »

Après avoir terminé leur repas pris en commun, une fille dit à sa colocataire blonde :
– Je prendrais bien une banane, mais elles me donnent mal au ventre…
– Même si tu les manges ?

Une jeune fille blonde revient de chez l'épicier avec six litres de lait.
– Mais ce n'est pas ce que je t'avais demandé ! s'étonne sa mère.
– Ben… si !

– Non, je t'ai dit de prendre un litre de lait et s'il y avait des oranges, d'en prendre six.
– Bah oui, il y avait des oranges !

Une fille annonce à son amie blonde :
– J'attends un enfant !
– Waouh ! Depuis combien de temps ?
– Depuis deux mois.
– Ah… À mon avis, il ne viendra plus !

Une blonde à une amie :
– Dis-moi, quand tu te pèses, tu le fais habillée ou nue ?
– Nue ! Autrement, ça fausse tout !
– Ah voilà, j'ai raison !
– Pourquoi, quel est le problème ?
– J'ai voulu me peser à la pharmacie et ils m'ont foutue dehors en me disant que ça ne se faisait pas !

Une blonde mange en face d'une amie.
– J'ai trop mal à ma dent ! dit-elle.
– Eh bien, mange de l'autre côté.
– OK, changeons de place…

Les belles-mères

Un homme à sa femme, qui rentre à la maison :
– Chérie, j'ai une terrible nouvelle à t'annoncer !
– Oh non... Quoi ?
– Assieds-toi... Voilà. Des hommes ont appelé et... ta mère a été kidnappée !
– C'est pas possible ! Mon Dieu, maman !
– Calme-toi, calme-toi... Ils demandent une rançon.
– Il faut payer !
– J'ai demandé de nous envoyer la preuve qu'elle était encore en vie et ils m'ont dit qu'ils allaient lui couper un doigt et nous l'envoyer !
– Non !!! Pas ça !!!
– C'est exactement ce que je leur ai dit ! Pas ça, envoyez plutôt la tête pour être sûrs !

Un type à son collègue :
– Je suis en retard, j'ai dû laisser mon petit à la cruche.
– Tu veux dire à la crèche ?
– Non, je l'ai laissé chez ma belle-mère.

Une femme part en voyage d'affaires et demande à son mari de bien vouloir rendre régulièrement visite à sa mère et à son chat. À peine arrivée, elle téléphone à son mari :
– Tu es passé voir maman et son chat ?
– Oui, le chat est mort.
– Hein ? C'est comme ça que tu m'annonces les mauvaises nouvelles ?!
– Ben...
– Tu aurais pu me dire qu'il marchait sur la rambarde du balcon, qu'une patte a glissé, qu'il est tombé...
– Oui, désolé.
Le lendemain soir, la femme rappelle son mari.
– Tu es allé voir maman ?
– Oui.
– Comment va-t-elle ?
– Elle marchait sur la rambarde du balcon, une patte a glissé...

Une femme à sa mère et à propos de son mari :
– Je n'arrive plus à lui faire confiance...
– Je t'avais prévenue ! On ne peut pas faire confiance à un homme dont même ses propres cheveux l'ont tous quitté !

Blagues coquines

Melon et Melèche se sont déguisés en petits mammifères.
Melon est lièvre et Melèche lapine.

À la table d'un restaurant, un type demande à sa maîtresse :
– Vas-y, dis-moi des trucs qui vont faire grimper mon palpitant !
– Ta femme est assise juste derrière nous…

Une femme téléphone à son mari :
– Chéri, j'ai un problème avec la voiture !
– Qu'est-ce qu'elle a ?
– Elle chauffe. Qu'est-ce que je dois faire ?
– Dis-lui que tu as mal à la tête !

Pour une femme, quel point commun y a-t-il entre attendre longtemps à la caisse d'un supermarché et avoir un enfant moche ?
Elle a choisi la mauvaise queue…

Un homme se présente dans un garage :
– Bonjour, je viens récupérer la voiture de ma femme, dit-il au garagiste.
– Ah oui, je vois. Je l'ai démontée cinq fois.
– Ah mince ! Et elle roule bien, maintenant ?
– Je parlais de votre femme…

Une femme s'apprête à partir travailler lorsque son mari la retient avec le désir de lui faire l'amour. Elle le repousse :
– Non, pas maintenant, il faut que je parte, tu risques de me mettre deux minutes en retard !

Pourquoi les relations sexuelles sont-elles tout le temps stressantes ?
Parce qu'au début il faut se cacher de ses parents, ensuite de ses enfants, et enfin de son conjoint !

Perles des garagistes

– Je crois que j'ai coulé un bronze.
– Une bielle ?
– Oui, c'est ça !

———

« C'est pour la voiture de ma femme, que je vais être obligé de pousser, mais je viens avec elle pour que vous la remplissiez. »

« Je n'arrive plus à rétrodégrader. »

———

« Si je ne viens pas amener la voiture, c'est pas la peine de m'attendre ! »

———

« Elle va finir en putréfaction, à la casse ? »

———

– Si ma femme vous l'amène vers 16 heures, c'est bon ?
– Oui, on peut se la faire.

« Ma femme s'est pris un trottoir, elle est voilée. »

« Je voudrais changer pour une voiture qui a plus de reprise, mais est-ce que je peux bénéficier de la reprise de l'État ? »

« Je crois que j'ai explosé les vitesses, j'étais habitué à conduire une zotomatic… »

– Ma voiture est une très bonne marque.
– Oui, à l'époque…
– À l'époque de quoi ?
– Il y a trente ans, quand la marque existait encore…

« Je vois mal, elle est borgne… »

Atroces et
bien dégueues

Un pédophile entre dans un McDo et passe sa commande :
– Bonjour, je voudrais trois menus enfants, s'il vous plaît.
– Sur place ou à emporter ?
– À emporter.
– Frites ou p*otatoes* ?
– Non, non ! Justes les enfants !

———

Une maman met un thermomètre dans la bouche de son enfant.
– Mais maman, s'étonne le petit, on a déjà pris la température dans les fesses ?
– Oui, mais là, c'est pour nettoyer le thermomètre.

———

Comment faire miauler un chien ?
On le met au congélateur pendant vingt-quatre heures, puis, avec une scie circulaire, miiiiiiiaouwwwwwww le chien !

———

Dans un magasin de bricolage, un client s'adresse à un magasinier :
– Ma femme et moi ne voulons plus d'enfants.
– Euh... oui ? Je peux vous comprendre, parfois ils sont pénibles, les mômes ! Vous cherchez quelque chose ? Je peux vous aider ?
– Dans quel rayon puis-je trouver une pelle et aussi une grande bâche ?

—

Quel point commun y a-t-il entre un petit vieux et une bûche ?
Ils sont prêts à être jetés au foyer.

—

Tard dans la nuit, un homme quitte un bar pour retourner chez lui. Au détour d'une rue, il tombe nez à nez avec un type vêtu d'une cape noire et arborant de grandes dents blanches. Ce dernier lui dit :
– Soit je te saigne, soit je t'encule !
Préférant garder la vie sauve, l'homme se laisse prendre par-derrière. Au bout d'un moment, le vampire lui dit :
– Tu pourrais au moins faire comme si tu aimais ça !
– Parce que vous croyez que je suis homo ?
– Non, et alors ? Tu crois que je suis un vampire ?

—

C'est la crise !

Une maman à une autre :
– Pour Halloween, est-ce que tu fais la tournée avec les enfants pour quémander des bonbons ?
– Oui, bien sûr !
– Et en quoi vas-tu te déguiser pour faire peur ?
– En facture d'électricité !

Quel point commun y a-t-il entre Tinder et les élections ?
Il faut choisir celui qui va te baiser...

Au comptoir d'un bar, un type gratte un ticket de la Française des jeux.
– Si je gagne des millions, dit le gars, personne autour de moi ne sera pauvre !
– Ah, ça, c'est bien ! lui répond son voisin.
– Ouais ! Si je gagne, je déménage de suite dans un quartier de riches !

Qu'est-ce qui arrive comme une tortue et repart comme un lapin ?
Le salaire !

Si on continue à repousser l'âge de la retraite, à quoi les pots de départ vont-ils ressembler ?
À une urne funéraire.

Dans un bar gay, un type dit à un autre :
– Le pire, c'est qu'avec ce gouvernement, je n'ai même plus envie de faire l'amour !
– Ah bon ? Mais pourquoi ?
– Parce que le gouvernement m'encule tous les jours !

Un type à un collègue :
– Je vais aller voir le patron pour qu'il m'augmente !
– Pourquoi le ferait-il ?
– J'ai déjà deux sociétés qui me courent après ! Elles font tout pour me joindre.
– Ah bon ? Lesquelles ?
– Celle de l'eau et celle de l'électricité…

Blagues à Toto

Un matin, Toto demande à sa maman, qui est dans la salle de bains :
– Qu'est-ce que tu fais, maman ?
– Je mets du maquillage pour être belle !
Le soir, Toto surprend de nouveau sa mère dans la salle de bains :
– Et là, tu fais quoi, maman ?
– J'utilise un produit pour enlever le maquillage.
– Ah… Tu abandonnes ?

———

La maîtresse à Toto :
– Si tu as dix chocolats, que tu en manges trois et que ton copain prend le reste… qu'est-ce qu'il a ?
– Des baffes !

———

– As-tu fait tes devoirs, Toto ?
– J'ai cherché un tuto sur YouTube pour comprendre les maths !
– C'est bien. Et qu'as-tu appris ?
– Que les chats jouent du piano…

———

La maîtresse à Toto :
– Toto, quel serait le travail de tes rêves ?
– Ben, je ne travaille jamais dans mes rêves !

La maîtresse pose un problème à Toto.
– Imagine que tu as cent euros dans ta poche. Tu en donnes dix à Léa, vingt à Amélie et trente-cinq à Julie. Qu'est-ce que tu obtiens ?
– Une super partouze !

Un petit questionne sa grand-mère :
– Dis, mamie, tu étais coiffeuse, avant, quand tu étais jeune ?
– Non, pas du tout ! Qu'est-ce qui te fait dire ça ?
– C'est papa ! Il a dit que tu frisais la soixantaine et que tu allais nous raser toute la journée !

C'est l'heure de la sortie des classes. Les élèves courent retrouver leurs parents, qui les attendent à la sortie de l'école. Toto s'approche de la maîtresse et la tire par le bras :
– Maîtresse, venez dire à papa ce que j'ai appris aujourd'hui, il me le demande tous les soirs !

Monsieur et Madame...

Monsieur et Madame **Fairandézotre** ont un fils. Comment l'appellent-ils ?
Teddy (T'es différent des autres).

Monsieur et Madame **Fémal** ont une fille. Comment l'appellent-ils ?
Asma (Ah, ça m'a fait mal !).

Monsieur et Madame **Chynoise** ont une fille. Comment l'appellent-ils ?
Ambre (Ombre chinoise).

Monsieur et Madame **Balmaské** ont un fils. Comment l'appellent-ils ?
Alonzo (Allons au bal masqué !).

Monsieur et Madame **Cinq** ont une fille. Comment l'appellent-ils ?
Ariane (Ariane 5).

Monsieur et Madame **Closette** ont un fils. Comment l'appellent-ils ?
Walter (*Water closet*).

Monsieur et Madame **Deuboisson** ont une fille. Comment l'appellent-ils ?
Debbie (Débit de boissons).

Monsieur et Madame **Laparty** ont un fils. Comment l'appellent-ils ?
Ted (T'es de la partie ?).

Monsieur et Madame **Devokoneri** ont deux fils. Comment les appellent-ils ?
Jean, Aymard (J'en ai marre de vos conneries).

Dieu
& Co.

Un jour, Dieu ordonna à Rex de sonner et Rexona !

Trois sœurs vont se confesser. La première entre dans le confessionnal et les deux autres, curieuses, écoutent :
– Je vous écoute, ma sœur.
– Mon père, j'ai commis un terrible péché.
– Oui, ma sœur ?
– Voilà. Ce matin, j'ai regardé les rugbymen prendre leur douche par le trou de la serrure des vestiaires. Ils étaient tout nus…
– Ma sœur, vous me réciterez vingt « Je vous salue Marie » et vous irez vous rincer l'œil dans le bénitier.
À peine la sœur est-elle sortie du confessionnal que l'une des deux autres sœurs, qui a tout entendu, bouscule la troisième pour y entrer avant elle. Le prêtre intervient :
– Eh bien, ma sœur ? Pourquoi tant d'empressement et d'énervement ?
– C'est que, mon père… Je voudrais me rincer la bouche dans le bénitier avant qu'elle ne s'y lave les fesses…

Que se passe-t-il lorsqu'un musulman modéré et un islamiste se rencontrent ?
Le Coran passe mal…

La Sainte Vierge entre dans la chambre de Jésus :
– Soit tu ranges tout de suite ta chambre, soit tu fais une croix sur tes vacances de Pâques !

Sur sa croix, Jésus dit :
– Père, pardonne-leur, ils ne savent pas ce qu'ils font !
Les disciples le regardent et disent :
– Quoi ?
Jésus poursuit :
– Père, entre tes mains, je remets mon esprit !
Les disciples se regardent et disent :
– Mais il délire, ou quoi ?
Jésus s'adresse alors directement à ses disciples et leur lance :
– f (x) = ax2 + bx + c !
Interloqués, les disciples demandent alors à Jésus :
– Mais qu'est-ce que tu dis ?
– C'est bien ce que je craignais, vous ne comprenez pas la parabole…

Drôles de couples

Un homme à sa femme :
– Dis-moi, tu sais combien de temps vit un âne ?
– Pourquoi, tu te sens mal ?

Une femme découvre que son mari l'a trompée :
– Pourquoi as-tu fait ça ? Salaud !
– Je suis désolé… Ça fait des mois que tu ne veux pas avoir de rapports sexuels, alors…
– Espèce d'ordure ! Avec qui tu couches ?
– C'étaient des prostituées…
– Hein ? Et en plus, tu as payé !
– Oui…
– Mais pourquoi tu ne m'as pas dit que tu étais prêt à payer ?!

Un gars se dispute avec sa copine :
– Tu connais le point commun entre toi et le barbecue ?
– Non.
– Tu as connu autant de saucisses que lui !

Un type se plaint auprès d'un pote :
– Ma femme me fait la gueule parce que j'ai soi-disant gâché sa fête d'anniversaire !
– Ah ouais ? Et t'as fait quoi ?
– Rien ! J'étais même pas là !

Un homme à sa femme :
– Je crois que tu aimes plus les enfants que moi !
– Mais non, qu'est-ce qui te fait penser ça ?
– Quand tu pars, tu confies toujours les enfants à la voisine, et moi, jamais !

Un homme fait le ménage :
– Chérie, l'aspirateur n'aspire plus !
– Ben, vide ton sac, idiot !
– Tu crois ?
– Mais oui !
– OK… T'es qu'une chieuse, une emmerdeuse, tu pues des pieds, tu te maquilles comme une pute et dans ta famille, c'est tous des cons !

Trop blondes

Lors d'un entretien, le recruteur demande à une blonde :
– Quel est votre prénom ?
– Sophie, sans « b ».
– Mais il n'y a pas de « b » dans « Sophie » ?
– Oui, c'est ce que je viens de dire.

Dans une animalerie, une blonde s'adresse à une vendeuse :
– J'aimerais acheter un arbre à chat…
– Oui, nous avons ces deux modèles.
– Très bien. Est-ce qu'il faut l'arroser tous les jours ?

Une blonde accompagne une amie à une fête d'anniversaire. Après que tout le monde a chanté *Happy Birthday*, la blonde va se présenter auprès de celui qui vient de prendre un an de plus :
– Bonjour, Touyou, moi, c'est Sophie. Je te souhaite un bon anniversaire !

– Je ne m'appelle pas Touyou !
– Ah bon ? J'ai cru comprendre que tout le monde chantait : « *Happy birthday Touyou* » ?

– Le docteur a regardé tes analyses ? Qu'est-ce qu'il t'a dit ? demande un homme à sa femme blonde.
– Que le sucre est trop haut.
– Ah… Et que faut-il faire ?
– Rien, je vais le ranger sur l'étagère du bas.

Une blonde a invité une copine chez elle.
– Tiens ? s'étonne la copine, tu as installé une photocopieuse sur le plan de travail de ta cuisine ?
– Oui, lui répond-elle, j'avais l'ambition de faire un millefeuille…

– Quels sont vos talents cachés ? demande un recruteur à une blonde.
– Je sais faire un huit avec ma langue !
– Mouais… Les poules savent faire un œuf avec leur cul…

Perles des campeurs

« Ma belle-mère ne sortira pas de la caravane. Ça compte quand même pour une personne ? »

« On aimerait un emplacement avec des filles seules à côté. Pas trop moches, si possible… »

– C'est pour combien de personnes ?
– Ma tante et moi.
– Une personne…
– Non, deux ! Ma tante, et moi…

« On peut jouer aux boules toute la nuit ? »

« Nous sommes trois. Moi, ma femme et ma fille. Vous pensez qu'elle a une chance d'être élue Miss Camping ? »

« Non, cette année, je suis venu tout seul. L'année dernière, pendant que je jouais aux boules, ma femme aussi, si vous voyez ce que je veux dire… »

« Vous ne pourriez pas faire en sorte que tout le monde n'aille pas se doucher en même temps ? C'est toujours occupé quand j'y vais ! »

« Vous avez combien d'étoiles au guide Michelin ? »

« Savez-vous s'il y a quelqu'un dans votre camping qui voudrait bien partager sa tente ou sa caravane avec moi ? »

« On nous a parlé d'un camping qui fait toujours un concours de tee-shirts mouillés. C'est bien ici ? »

« On peut inviter quelqu'un pour la nuit sans avoir à payer un supplément ou il faut que la personne soit partie avant une certaine heure ? »

La ronde des métiers

Génie

Un homme découvre une lampe magique. Il la frotte, la frotte, la frotte encore et… un génie apparaît !
– Salut à toi ! Pour te remercier de m'avoir délivré, je t'offre trois vœux ! lui annonce le génie. Quel est ton premier vœu ?
L'homme réfléchit un moment et demande au génie, afin de le berner :
– Mon premier vœu est que tu ne saches plus compter !
– Ton vœu est exaucé ! annonce le génie. Je te remercie d'avoir utilisé tous tes vœux.

Chasseur

Un chasseur revient d'un safari en Afrique.
– Alors, ce voyage en Afrique ? Tu as pu chasser ? lui demande un ami.
– Je te raconte pas ! J'ai pas arrêté… Il y en avait partout ! J'ai tiré dans tous les coins !
– Qu'est-ce que tu as tué ?
– Des panoupanous.

– C'est quoi ça ?
– J'en sais rien... À chaque fois que tu en vises un, il crie : « Panoupanou ! »

Barman

Un type qui n'a plus de bras entre dans un bar et commande une bière. Le barman le sert et le client lui demande de l'aide pour boire sa bière. Le barman, serviable, saisit le verre et le lui fait boire. Au moment de payer, le manchot lui dit que l'argent est dans sa poche et qu'il n'a qu'à se servir. Le barman plonge la main dans la poche du client et prend l'argent nécessaire pour régler la consommation. Le manchot demande ensuite au barman de lui indiquer où se trouvent les toilettes. Le barman réfléchit un instant et lui répond :
– Dans le bar d'en face.

Boulanger

– Bonjour, auriez-vous des croissants allégés ou sans beurre ? Je suis au régime...
– Oui, combien en voulez-vous ?
– Trente-deux.

Blagues à papa

Que dit un poisson quand il rencontre une étoile de mer ?
Bonjour, shérif !

Pourquoi les canards sont-ils à l'heure ?
Parce qu'ils sont toujours dans l'étang.

Quels sont les deux animateurs télé d'origine égyptienne ?
Nagui et Michel Du Caire.

Comment dit-on à un homme que c'est Pâques ?
C'est Pâques, man !

Pourquoi McCartney et Jagger n'ont-ils pas fait de duo ?
Parce que ça aurait fait Paul et Mick...

Pourquoi les caissières ne peuvent-elles pas lire le journal en entier ?
Parce que « pas plus de dix articles ! »

Que dit Maître Yoda lorsqu'il aperçoit une dinde noire ?
Toujours du côté obscur de la farce, la dinde est.

Qu'est-ce qu'un bûcheron sans hache ?
Un bûceron…

Pourquoi les fainéants se lèvent-ils de plus en plus tard ?
Parce qu'ils en ont de plus en plumard.

Pourquoi n'entend-on pas les plongeurs parler ?
Parce qu'ils parlent tuba…

Comment dit-on « démarcheur à domicile » en chinois ?
Ding dong !

L'abus d'alcool est dangereux pour la santé

Un type demande à son voisin de bar :
– Tu as un truc pour ne plus boire, toi ?
– Ouais ! Des fois, je me dis : « Stéphane, ce week-end, c'est aucune goutte d'alcool ! »
– OK, Stéphane... Et ça marche ?
– Pas du tout, je m'appelle Julien.

Pourquoi les alcooliques font-ils très attention à la planète ?
Parce qu'ils font tout pour protéger la couche d'eau jaune...

– Tu veux venir courir avec moi ? demande un gars à un pote.
– Oui, mais articule quand tu parles, j'ai compris « courir » au lieu de « boire ».

De quoi rêvent les alcooliques à Noël ?
D'un Noël blanc… ou rouge s'il n'y en a plus.

Alors qu'un type a vidé son verre d'alcool cul sec, son pote sirote le sien…
– Mais qu'est-ce que tu fous ? Vide-le, qu'on en prenne un autre !
– Je fais attention, maintenant ! Je bois doucement parce qu'il paraît que l'alcool et la vitesse tuent…

Quelle est la chanson préférée des alcooliques ?
« Vider la prune, ça n'me fait pas peur… Même à l'usure, j'en bois encore et encore… »

Dans un bar, un client lance au barman :
– Trois whiskys ! J'ai besoin d'oublier !
– Alors payez-moi d'avance ! lui répond le barman.

Quelle différence y a-t-il entre l'alcool et le café ?
L'alcool permet d'aimer les gens le soir et le café de ne pas les détester le matin…

Contrepètries

Ce qui compte, c'est la Bible.
Ce qui comble, c'est la bite.

———

Ma courge est trop verte.
Ma verge est trop courte.

———

J'aime chatouiller ma gratte.
J'aime gratouiller ma chatte.

———

Ce soir, ce sera une escalope avec une salade !
Ce soir, ce sera une escapade avec une salope !

———

Les canicules s'emballent !
Les cannibales s'enculent !

———

Superman a une bouille incroyable !
Superman a une couille imbroyable !

Il s'est fait acculer derrière Sanchez !
Il s'est fait enculer derrière sa chaise !

Vidons les douilles et les carafons.
Vidons les couilles et les dards à fond.

Voulez-vous que je vous jette à la rue ?
Voulez-vous que je vous jute à la raie ?

Ce matin, j'ai bêché trois allées.
Ce matin, j'ai léché trois abbés.

Ne boude pas, ce n'est pas ton genre.
Ne bande pas, ce n'est pas ton jour.

Ça pue dans le car ?
Ça part dans le cul ?

Les copains, les copines

– Je crois que j'ai trouvé l'homme de ma vie ! annonce une fille à sa pote.
– Arrête... Tu changes de mec tout le temps. Avec toi, ce n'est jamais l'homme de ta vie, c'est l'employé de la semaine !

Une fille se confie à sa pote :
– J'aimerais trouver celui qui n'aura d'yeux que pour moi !
– Prends un chien.

– Un mec m'a fait le coup de la panne, hier ! raconte une fille à une amie.
– Ah oui ? Moi aussi, ça m'arrive souvent...
– Ah bon ?
– ... mais qu'avec mon ordi !

Une fille à sa pote et à propos de son nouveau mec :
– Tu sais ce qu'il te manque pour devenir millionnaire, toi ?
– Non...
– Juste le un ! Avec tous les zéros que tu accumules...

– Mon problème avec les femmes, c'est que je ne suis pas le genre de mec qui plaît de suite, avoue un gars à une amie.
– Oui, c'est vrai. Et après non plus.

Une femme retrouve une amie d'enfance :
– Qu'est-ce que tu deviens ?
– Je suis mère au foyer.
– Tu as combien d'enfants ?
– J'ai sept garçons ! Ils s'appellent Quentin.
– Tu les as tous appelés par le même prénom ? Mais comment fais-tu quand tu ne souhaites en appeler qu'un ?
– J'ajoute son nom de famille !

Un type revoit pour la première fois un copain d'enfance...
– Tu as vachement maigri ! C'est quoi, ton régime ?
– La pauvreté.

God bless America

Le Mexique vient de connaître un terrible tremblement de terre. On dénombre déjà près de 40 000 morts. Toutes les grandes nations du monde se mobilisent pour venir en aide aux sinistrés. Le Canada envoie du matériel, la Grande-Bretagne des vivres, la France des chiens pour retrouver d'éventuels survivants et Trump, lui, a promis d'expédier 40 000 Mexicains en remplacement de ceux décédés !

Quelle est la différence entre Donald Trump et le TGV ?
Le TGV ne déraille pas.

Le président Trump est à bord de son avion en compagnie du pape qui souhaite le confesser et d'un enfant avec qui il doit se faire photographier. Malheureusement l'avion du président est en difficulté. Il est sur le point de se crasher et, malheureusement, il n'y a pas assez de parachutes… Trump s'empare d'un parachute en disant qu'il est le président des États-Unis, donc l'homme le

plus intelligent du monde, et que l'on ne pourrait pas se passer de lui. Et Trump saute… Il ne reste qu'un parachute et le pape s'en empare pour le tendre à l'enfant.
– Je suis vieux, tu es jeune, tu représentes l'avenir. Enfile ce parachute et sauve ta vie.
Mais le petit garçon ne cesse de pleurer.
– Pourquoi pleures-tu ? s'inquiète le pape.
– C'est à cause du gros monsieur le plus intelligent du monde…
– Oui, enfin… le Président ?
– Oui.
– Qu'est-ce qu'il t'a fait ?
– Il a pris mon cartable !

Donald Trump décroche son téléphone et demande à son conseiller :
– Dites-moi combien de temps il faut pour aller en Europe ?
– Euh… ne quittez pas. Une seconde…
– Merci.
Et il raccroche.

Comment emmerder le monde

Éternuez dans l'assiette de quelqu'un !

Sous le sapin, mettez des chaussures qui puent !

Cherchez absolument à faire l'appoint quand vous savez pertinemment que vous ne l'avez pas…

Idée de cadeau : offrez un jeu de société incomplet ou un puzzle auquel il manque une pièce.

Ne jetez pas vos vieux chewing-gums sur la voie publique ! Fourrez-les dans des trous de serrures.

Entêtez-vous à essayer de passer un ticket usagé aux tourniquets du métro, dans un bus, à la caisse d'un parking…

Sur le parking d'un magasin, relevez une plaque d'immatriculation et faites appeler le propriétaire du véhicule au micro sous prétexte que sa voiture gêne.

Traversez très lentement aux passages piétons sans remercier le conducteur qui s'est courtoisement arrêté et refaites vos lacets au milieu de la chaussée !

À Marseille, collez un peu partout des stickers du PSG.

Offrez vos codes Canal+ ou Netflix à quelqu'un… mais pas les bons.

Déposez des boîtes de préservatifs dans le caddie d'une mamie juste avant qu'elle ne passe en caisse.

Devinettes

Comment se prononce le mot «karma»?
«Bien fait pour ta gueule, fils de pute!»

À quel moment sait-on qu'il y a trop de monde sur la plage?
Quand on se gratte le cul et que l'on s'aperçoit que ce n'est pas le sien…

Pourquoi les moches ont-ils du succès au Japon?
Parce que pour eux, le thon est sacré!

Quel lundi peut-on aimer?
Le lundi de Pâques, il est férié…

Quel point commun y a-t-il entre l'air et les abdominaux?
Ça existe mais ça ne se voit pas…

Pendant les Fêtes, quel point commun y a-t-il entre nous et les papiers cadeaux?
On est tous déchirés!

Quand l'argent fait-il le bonheur?
Seulement en tout début de mois...

Pourquoi les Italiens n'utilisent-ils pas de téléphones portables?
Parce qu'ils ont besoin de leurs mains pour parler!

Qui est le plus dur à quitter?
Son lit.

Quand ne doit-on pas rire de tout?
Quand on ne s'est pas lavé les dents!

Comment faire pour que les gâteaux ne sèchent ou ne ramollissent pas?
Bouffer tout le paquet d'un coup!

Trop blondes

À la terrasse d'un café, le serveur demande à la blonde attablée :
– Que désirez-vous ?
– Un jus de tomate, s'il vous plaît.
– Épicé ?
– Non, j'irai après.

Une blonde a fait venir un réparateur pour son sèche-linge.
– Quel est le problème avec votre machine, madame ? lui demande ce dernier.
– Elle ne chauffe pas, elle ne sèche pas et les vêtements rétrécissent !
– Montrez-la-moi.
La blonde conduit le réparateur jusqu'à son sèche-linge.
– C'est donc lui, le fautif ?
– Oui.
– C'est votre frigo, madame…

Dans un magasin de prêt-à-porter, une blonde fait essayer un costume à son mari :
– Il te va très bien ! lui dit-elle. Avez-vous les gants ? demande-t-elle à la vendeuse.
– Les gants ? Non, nous n'avons pas de gants.
– Bah, sur l'affiche, c'est écrit : « Costume élégant » !

Le coiffeur à une blonde :
– Vous voulez une coupe ?
– Non, merci, je conduis…

À la terrasse d'un café, le serveur à une blonde :
– Que désirez-vous ?
– Un café.
– Expresso ou allongé ?
– Expresso. Allongée, je m'en fous partout…

Une petite fille à sa maman blonde :
– La maîtresse a dit qu'il fallait que j'amène du scotch.
– Ah… Tu lui diras qu'on n'en a pas, on ne boit que du rosé !

Blagues coquines

Un quinquagénaire, qui vient de rencontrer une femme plus jeune que lui et avec laquelle il doit passer la nuit, se confie à un ami :

– Tu comprends, à mon âge, ça devient compliqué de satisfaire une jeune femme… J'ai peur de la panne et de ne pas tenir la distance !

– Tiens ! fait l'ami en sortant un flacon de sa poche. Tu en prends trois gouttes une heure avant qu'elle arrive et tu me raconteras tes exploits !

Le lendemain, les amis se retrouvent…

– Tiens, je te rends ton flacon ! C'est dingue ! Ça fonctionne terrible ! J'ai eu une érection de fer toute la nuit et j'ai arrosé toute la chambre !

– Ah, tu es rassuré, ta copine est satisfaite ?

– Elle n'est pas venue, je me suis débrouillé tout seul…

– Il paraît que ta femme se promène sans culotte !

– Comment tu sais ça, toi ?

– C'est mon petit doigt qui me l'a dit.

Un homme est seul sur une île déserte. Enfin presque… Une brebis lui tient compagnie. Bien entendu, au bout de quelque temps, le soleil tapant sur la tête aidant, l'homme commence à désirer sexuellement la brebis. Il tente de l'attraper, mais la brebis a plus de vitalité que le naufragé et ne se laisse pas faire. Tous les jours, l'homme fait une tentative. Tous les jours, il essuie un refus. Un matin, il aperçoit un radeau à la dérive. Il plonge à l'eau et le ramène jusqu'à son île. Sur ce radeau, il a le bonheur de découvrir Kim Kardashian elle-même ! Il n'en croit pas ses yeux. La star lui dit :

– Tu m'as sauvé la vie, demande-moi ce que tu veux, je le ferai.

– Ce que je veux ?

– Oui, même si je dois fermer les yeux pour cela, je le ferai.

– D'accord. Tu peux tenir la brebis ?

Quelle est la différence entre faire un 69 et conduire par temps de brouillard ?

Quand on fait un 69, on voit très bien le con que l'on a devant soi.

Les questions cons

Pour vivre tranquille… il faut se retirer à la campagne ou au bon moment ?

Les roux qui ont une maladie transmissible… il faut les mettre en carotène ?

Si un astronaute tue un autre astronaute dans l'espace… est-ce un crime sans gravité ?

La distanciation sociale… c'est quand on ne mange plus de sauces ?

Si un Anglais tousse dans son coude… risque-t-on d'être contaminé par les microbes qui traversent la Manche ?

Quand tu n'as pas de diable pour faire un déménagement… c'est l'enfer ?

Un athée peut-il faire une crise de foie ?

Un pain d'épices… c'est un arbre contre lequel tout le monde urine ?

Quand on perd sa valise à Dubaï… on est à bout d'habits ?

Conduire sans lunettes… ça compte bien pour deux verres en moins ?

On culpabilise quand on engueule ses enfants… mais certains animaux mangent bien les leurs ?

Puisque les méduses survivent depuis des centaines de millions d'années sans cerveau… ça ne sert à rien de crier « mort aux cons ! » ?

Humour noir

– Tu n'aurais pas vu ma femme ? demande un type à un copain.
– Si, je l'ai prise sous mon aile !
– Comment ça ?
– La voiture n'a pas grand-chose, mais elle…

En pleine nuit, une femme téléphone paniquée au médecin de garde :
– Docteur ! Mon bébé a avalé un préservatif !
– J'arrive ! fait le médecin.
Alors qu'il s'habille avec empressement, le téléphone sonne à nouveau :
– C'est encore moi ! fait la femme à l'autre bout du fil. C'est pas la peine de venir, on en a trouvé un autre !

Un patient se plaint auprès de son docteur :
– J'ai vu un autre docteur qui a dit que ma maladie n'était pas celle que vous disiez !
– Ah bon ? Ce n'est pas bien grave… De toute façon, l'autopsie prouvera que j'avais raison.

Une femme à sa collègue :
– J'ai eu la peur de ma vie en venant !
– Ah oui ?
– J'ai cru que j'avais écrasé un chien avec ma voiture !
– Oh, mon Dieu ! Et c'était quoi ?
– Juste un con de cycliste.

Deux femmes discutent des enfants :
– Une fois, j'ai perdu le mien dans un centre commercial !
– Ça nous est toutes arrivé au moins une fois.
– Oui. Je me demande bien ce qu'il devient…

Qui a dit : « Tous les êtres humains sont bons » ?
Un cannibale…

Deux jeunes enfants à leur mère :
– Lequel de nous tu préfères ? lui demandent-ils.
– Mais voyons, aucun !
– Il y en a bien un que tu préfères ?
– Bon, c'est vrai… En fait, il n'y en a qu'un que j'aime !
– Oh… Et c'est qui ?
– C'est le chat !

Atroces et bien dégueues

Comment faire facilement du steak haché ?
En donnant une guitare à un lépreux.

Un petit garçon pleure et se plaint :
– Maman ! Maman ! J'ai perdu une dent !
– Est-ce que tu as compris la leçon, maintenant ? Alors, finis ton assiette si tu ne veux pas en perdre d'autres !

Pourquoi les écolos rêvent-ils d'attraper la lèpre ?
Pour devenir biodégradables.

Un homme va voir une prostituée et lui demande son tarif pour une fellation.
– C'est vingt euros la pipe, mais pour quarante euros, je chante *La Marseillaise* en même temps !
Par curiosité, le gars accepte de débourser le double. Il suit la prostituée jusqu'à sa chambre. Là, elle éteint la lumière et lui fait une petite pipe tout en chantant

La Marseillaise ! L'affaire terminée, l'homme rallume la lumière et découvre sur la table de chevet… un œil de verre.

– Est-ce que tu savais que si tu laisses un enfant se baigner avec les piranhas… ils le dévorent en moins d'une minute ?
– Ah non…
– Bah moi non plus ! J'ai été viré de mon taf à l'aquarium…

Un type se confie à un autre :
– Je vois un psy… Il m'a dit que je devais écrire une lettre à toutes les femmes qui m'ont rejeté, puis les brûler.
– Bien. Et tu l'as fait ?
– Oui, mais je fais quoi des lettres maintenant ?

Quel point commun y a-t-il entre un enfant qui se radicalise et un autre qui s'inscrit au caté-chisme ?
Ils risquent tous les deux de se faire sauter…

Hommes et femmes en blanc

Un homme souffre d'abominables migraines. Ne pouvant plus les supporter, il se rend chez le médecin, à qui il explique :
– La douleur part du bas-ventre et remonte jusqu'aux tempes, c'est atroce, ça me fait terriblement mal !
Le docteur lui demande de se dévêtir et l'examine.
– Mon cher monsieur, cela provient certainement de vos testicules. Elles sont toutes ratatinées ! Il faudrait procéder à leur ablation.
L'homme hésite à se faire retirer les testicules, mais la douleur est tellement insupportable qu'il finit par se décider à passer sur la table d'opération. Un mois après l'opération, l'homme n'a plus de maux de tête. Il n'a plus de couilles non plus. Un jour, il entre dans une boutique de prêt-à-porter pour acheter un jean. Une vendeuse l'aide à choisir et lui demande :
– Je vous donne un 44 à essayer ?
– Non, je fais du 38.
– Du 38 ?
– Oui, je mets toujours cette taille-là.
– C'est comme vous voulez, monsieur, mais vous risquez d'être serré au niveau de l'entrejambe et d'avoir d'horribles migraines…

Lors d'une soirée, un type dit à une femme :
– Lorsque je vous vois sourire, je n'ai qu'une seule envie : vous ramener chez moi...
– C'est gentil... Vous êtes célibataire ?
– Je suis dentiste.

Un papy de 80 ans se rend chez son médecin.
– Votre cœur est très fatigué, monsieur. Il va falloir vous reposer et réduire votre activité sexuelle de moitié.
– Ah oui ? Et quelle moitié ? Celle qui regarde ou celle qui y pense ?

Un dentiste dit à son patient :
– J'ai une bonne et une mauvaise nouvelle !
– Dites-moi...
– La mauvaise, c'est que je vais devoir vous extraire une dent.
– Ouf ! Et la bonne ?
– La bonne, c'est que les autres vont tomber toutes seules...

Comment appelle-t-on le chien d'un médecin ?
Le dogteur.

Mots d'esprit

« J'aimerais terminer sur un message d'espoir. Je n'en ai pas. En échange, est-ce que deux messages de désespoir vous iraient ? »

Woody Allen

« Quand je vois ce que je vois et que j'entends ce que j'entends, je suis bien content de penser ce que je pense. »

Fernand Raynaud

« Si Christophe Colomb n'avait rien découvert, Kennedy serait toujours vivant. »

Francis Blanche

« Je me cite souvent, cela apporte du piment à ma conversation. »

George Bernard Shaw

« L'Europe se rapproche de l'Amérique d'un centimètre par siècle. Pourtant, le prix de la traversée reste le même. »

François Cavanna

« Le premier homme qui est mort a dû être drôlement surpris. »

Georges Wolinski

« Le vrai xénophobe est celui qui déteste à ce point les étrangers que, lorsqu'il va dans leur pays, il ne peut pas se supporter. »

Raymond Devos

« Elle respire la vertu, mais elle est vite essoufflée. »

Georges Feydeau

« La vieillesse : d'abord on oublie les noms, puis les visages, puis on oublie de fermer sa braguette, puis on oublie de l'ouvrir. »

Geooge Burns

Les hommes les femmes

Quels points communs y a-t-il entre les hommes et les chats ?
Ils aiment boire, manger et dormir !

Que faire quand le lave-linge ne lave plus ?
Quittez-la pour une autre !

Qu'est-ce que les femmes ont de moins que les hommes ?
Des testicules.

Et qu'est-ce qu'elles ont de plus ?
Des couilles !

À quel moment les femmes sont-elles sans défense ?
Quand leur vernis n'est pas encore sec !

Quand les hommes ne font-ils pas les choses à moitié ?
Quand ils commandent un deuxième demi…

Un type demande à un autre :
– Tu as déjà répondu à ta femme ?
– Oui, une fois. C'était il y a huit ans.
– Et que s'est-il passé ensuite ?
– Aucun souvenir ! Je suis sorti du coma il y a trois mois…

Quel avantage y a-t-il à être une femme ?
On peut croiser les jambes sans écraser son cerveau !

Un type à un collègue :
– J'ai oublié la date d'anniversaire de notre mariage et ma femme ne me parle plus depuis deux semaines !
– Continue à oublier, les femmes comme elle, c'est rare !

Qu'est-ce qu'un dictionnaire ?
L'intelligence d'une femme avec l'épaisseur d'un homme.

Dieu & Co.

Qui a tué Jésus ?
Un chat, car Jésus est descendu par minou.

Un jour, Dieu ordonna à Carla de bronzer et Carla Bruni !

Un curé et un rabbin vont dîner au restaurant. Le curé dit au rabbin :
– J'ai un truc pour partir sans payer…
– Vous faites cela ?
– L'Église catholique est tellement pauvre… C'est très simple : je mange et j'attends que mon serveur ait terminé son service. Lorsqu'il est enfin parti, je dis à un de ses collègues que j'avais déjà réglé auprès de son collègue !
– C'est un bon truc, ça ! On essaye ?
– D'accord…
Le curé et le rabbin s'en mettent donc plein la panse et attendent patiemment que le serveur s'en aille. Un

moment plus tard, un de ses collègues vient leur amener l'addition. Le curé lui dit :
– Il doit y avoir une erreur, on a déjà réglé votre collègue juste avant qu'il ne parte.
– Oui ! ajoute le rabbin. Et d'ailleurs, on attend toujours notre monnaie !

Dans un café, une sœur commande une chope de bière.
– Vous êtes certaine, ma sœur, de désirer un litre de bière ?
– Oui, c'est pour notre mère supérieure, la mère Deuse. Elle est constipée et il n'y a que la bière qui puisse remédier à son mal.
– Ah… Dans ce cas…
Le barman sert donc un litre de bière. La sœur Voise attrape la chope et la vide cul sec.
– Eh bien, ma sœur ! Dans quel état vous allez être !
– Ouais ! Mais… Hic ! Quand la mère Deuse va m'voir comme ça… Hic ! Ça va chier !

Un jeune juif demande à son père :
– Tu peux me passer vingt balles ?
– De tennis ? Tu te mets au sport ?
– Non, je voulais dire du liquide…
– De refroidissement ? Tu es en panne ?

Trop blondes

Dans un restaurant, une blonde commande une entrecôte et sa garniture.
– Je préfère vous prévenir, madame, ce plat est copieux.
– Ah, mince, je voulais manger à table…

Une femme à ses collègues de bureau :
– Lequel d'entre vous a renversé le contenu de mon Tupperware sur la vitre de la photocopieuse ?! hurle-t-elle.
– C'est moi ! lui répond une collègue blonde, tu m'as dit que je pouvais copier ta recette !

Une brune à une blonde :
– Je me demande s'il existe encore des hommes qui ouvrent les portières des voitures…
– Ben… je pense, oui, autrement, comment ils entreraient dedans ?

– C'est quoi, ce pot de pâté posé sur ton carrelage ? s'étonne l'amie d'une blonde.
– C'est un exercice qu'on m'a conseillé pour perdre un peu de poids.
– Quel exercice ?
– Tous les jours, je fais deux fois le tour du pâté maison.

Une blonde regarde la télé avec une copine et lui dit :
– Je ne peux pas regarder la télé dans le noir. Il me faut une lumière allumée, autrement, j'ai trop mal aux yeux.
– C'est quand même une belle invention, l'électricité ! s'exclame la copine.
– Oui. Autrement, je serais obligée de regarder la télé aux chandelles !

Suite à un vol, une blonde se rend au commissariat.
– Que vous a-t-on volé ? l'interroge le policier.
– Mon livre du Kamasutra.
– Ah... Et pour ça, vous voulez faire une déposition ?
– Oui, une, mais pas toutes !

Que fait une blonde qui pèle des Smarties ?
Un gâteau au chocolat.

Comment se débarasser des cons

Se débarrasser d'un démarcheur téléphonique

– Bonjour, vous êtes monsieur Martin ?
– Non…
– Pourrais-je parler à monsieur ou madame Martin ?
– Ils ne sont pas là.
– À quel moment puis-je les rappeler ?
– Quand j'aurai terminé de cambrioler leur maison…

La réplique anti-cons

– Tu as un point commun avec la Lune…
– Ah ?
– Tu brilles par ton intelligence autant que sa face cachée !

Les ennuyeux

Invité chez des personnes que vous n'aimez pas, il suffit de ne pas vous y rendre. Vous prétexterez vous être trompé de jour, ça arrive à tout le monde !

Comment maintenir un con à distance

- À moins d'un mètre : en ayant mangé un morceau d'époisses.
- À un mètre : en postillonnant.
- À deux mètres : en le menaçant d'utiliser votre Taser.
- À dix mètres : en lui tirant dessus avec un fusil de paintball.
- À plus de cent mètres : après l'avoir invité à devenir la vedette passive d'un gang-bang.

La réplique anti-cons

– Tu sais pourquoi tout le monde te surnomme le con-gélateur ?

– Non...

– Parce que ta connerie nous fait froid dans le dos !

Se débarrasser définitivement d'un con

Le con est joueur. Sur la plage, il adore faire des trous très profonds dans le sable pour « chercher l'eau ». Jouez avec lui ! Puis, pour la photo, enfouissez-le jusqu'au cou dans son trou, il sera super content ! Ensuite, observez la mer monter...

Drôles d'animaux

Pourquoi l'éléphant a-t-il sa trompe devant ?
Parce qu'autrement, il se mettrait les cacahuètes dans le cul !

Une mouche rencontre une araignée. L'araignée lui propose :
– Tu veux que je t'apprenne à tisser ?
– Pas le temps, répond la mouche, faut que je file !

Deux autruches mâles coursent deux autruches femelles. Pour échapper à leurs poursuivants, les deux autruches femelles s'enfouissent la tête dans le sable. Les deux autruches mâles s'arrêtent alors soudainement et disent :
– Mais ? Où sont-elles ?

Un coq pénètre dans la cuisine d'une ferme. Il monte à côté de la cuisinière et constate qu'elle a préparé un

coq au vin et que son frère cuit dans la marmite ! L'air accablé, le coq dit :
– Mon Dieu… C'est bien vrai que l'alcool tue !

Un petit dromadaire à sa maman :
– Dis-moi, maman, pourquoi avons-nous de longs cils ?
– Ces longs cils nous évitent les irritations dues au sable. C'est bien pratique !
Dix minutes plus tard, le petit dromadaire revient à la charge :
– Et nos pieds, maman ? Pourquoi a-t-on ces gros pieds avec trois orteils ?
La maman sourit et lui explique :
– Ces gros pieds nous servent à marcher sur les dunes. Ils nous évitent de nous enfoncer dans le sable, voilà tout.
Quelques minutes plus tard, le petit revient voir sa mère :
– Donc, si je comprends bien, on a des grands cils pour protéger nos yeux du sable et des gros pieds pour marcher dans le désert.
– Oui, c'est cela.
– Alors, dis-moi, maman… qu'est-ce qu'on fout au zoo ?

La ronde des métiers

Juge

Le juge demande à l'inculpé :

– Reconnaissez-vous les faits qui vous sont reprochés ?

– Oui, j'ai fait mes achats de Noël trop tôt !

– Pourquoi trop tôt ?

– Eh bien, avant l'ouverture du magasin…

Banquier

Un homme entre dans une banque et s'adresse à la banquière :

– Je veux ouvrir un compte, salope !

– Pardon ? De quel droit, monsieur ? Sortez !

– Non, je reste. J'ai dit que je voulais ouvrir un compte, grosse salope !

– Monsieur le directeur ! Monsieur le directeur ! J'ai un souci avec un client !

– Quel est le problème, Geneviève ?

– C'est ce monsieur, il veut ouvrir un compte et il m'insulte !

– Qu'avez-vous à répondre à cela, monsieur ?

– Je disais à cette salope que je voulais ouvrir un compte parce que je viens de gagner la grosse cagnotte du Loto.
– Ah oui ? Et cette vieille pute ne veut pas s'occuper de vous ?

Paysan

Dans une maison d'hôtes à la campagne, un touriste demande au propriétaire :
– C'est à vous, le troupeau de vaches, dans le pré ?
– Oui, répond le paysan.
– Vous avez combien de bêtes ?
– Trois cent une têtes ! Trois cents vaches, mais qu'un seul taureau…
– Vous devez être heureux avec un tel troupeau !
– Oui, avoue le paysan, mais pas autant que le taureau !

Prostituée

Une prostituée demande à une autre :
– Eh, ma chérie ! T'as demandé quoi au père Noël, toi ?
– La même chose qu'aux autres : cinquante euros !

Les dragueurs

– Comment tu me trouves? demande une fille à un garçon qu'elle envisage. Bien ou moche?
– Les deux.
– Comment ça les deux?
– Je te trouve bien moche.

Lors d'un *speed dating*, un homme et une femme font connaissance.
– Tu cherches un homme depuis longtemps?
– Depuis l'assassinat de mon mari…
– Oh mince… Désolé. Et tu es veuve depuis longtemps?
– Ça va faire dix ans, maintenant.
– C'est long!
– En prison, c'est même très long…

Un gars à une fille qu'il drague:
– Si je t'embrasse comme ça, direct, ça peut débloquer quelque chose?
– Oui, des baffes!

Un type à une fille :
– Je t'invite à boire un verre ?
– Non. Si tu avais été plus beau, j'aurais accepté.
– Si j'avais été plus beau, ce n'est pas toi que j'aurais invitée.

Lors d'un *speed dating* :
– Tu fais quoi dans la vie ? demande la femme.
– Je suis champion d'échecs.
– Waouh ! Et tu es à quel niveau ?
– Au niveau sentimental...

Un type raconte sa soirée de la veille :
– C'était dingue ! Une dizaine de femmes se sont jetées sur moi, elles voulaient toutes m'inviter à sortir !
– Dix ! Comment tu as fait ?
– J'ai voulu aller pisser dans les toilettes des femmes...

Un type sert un verre à une femme qu'il drague :
– Je préfère te prévenir, tu vas être bourrée !
– Mais c'est sans alcool ?
– Ça n'y changera rien...

On ne dit pas

On ne dit pas « Un malentendu », mais on dit « Un homme avec des problèmes d'érection ».

On ne dit pas « J'aime le sanglier », mais on dit « Je ne sais pas mettre au pluriel ».

On ne dit pas « Un pinceau 6 », mais on dit « Un hot-dog ».

On ne dit pas « Un espace perdu », mais on dit « Une voiture volée ».

On ne dit pas « Je suis bipolaire », mais on dit « Je mets toujours deux pulls ».

On ne dit pas « J'aime me faire mon thé le matin », mais on dit « Pour faire l'amour, je ne suis pas du soir ».

On ne dit pas « Tu frôles la perfection », mais on dit « Tu passes à côté de moi ».

On ne dit pas « Ma femme est bouddhiste », mais on dit « Ma femme me fait la gueule ».

On ne dit pas « Je suis un excentrique », mais on dit « Depuis qu'elle m'a quitté, je n'ai plus de relations sexuelles ».

On ne dit pas « Calcutta ! », mais on dit « Tu as du bol ! ».

On ne dit pas « Ciboulette », mais on dit « Trois hommes nus ».

On ne dit pas « Je m'assieds et je m'étale », mais on dit « Je ne manque pas de fer ».

Le troisième âge

Deux mamies sur un banc :
– Vous avez des petits-enfants ? demande la première.
– Oui, et vous ?
– J'en ai mais, malheureusement, ils ne viennent pas me voir. Pourtant, je leur envoie un chèque chaque année. Et je n'ai même pas un remerciement ! Ils vous rendent visite, les vôtres ?
– Toujours ! Moi aussi je leur envoie un chèque, mais ils viennent à chaque fois pour me remercier !
– Ah… Vous avez un secret, peut-être ?
– Bien entendu ! Je ne signe jamais les chèques !

———

Aux États-Unis, un vieux juif et un vieux Chinois sont assis sur un banc. Le vieux juif se lève et donne un grand coup de canne sur la tête du vieux Chinois.
– Tiens, prends ça ! C'est pour l'attaque de Pearl Harbor !
– Mais… mais, Pearl Harbor, c'était les Japonais !
– Chinois, Japonais, c'est la même chose, tous dans le même bateau !

Le vieux juif se rassoit et le Chinois se lève à son tour. Il flanque un grand coup de canne sur la tête du vieux juif.
– Tiens, prends ça ! C'est pour le *Titanic* !
– Mais le *Titanic* a été coulé par un iceberg ?
– Iceberg, Goldenberg, c'est la même chose…

Deux mamies papotent :
– Hier après-midi, un voyou a volé le sac que je portais !
– Oh ! Tu as porté plainte ?
– Non, c'était le sac avec lequel je ramasse les crottes de mon chien !

Trois mamies discutent :
– Je perds la mémoire. L'autre jour, je ne sais plus quand, je vais dans la cuisine et je ne savais même plus pourquoi.
– Moi aussi. L'autre jour, je ne sais plus quand, je me suis levée pour aller quelque part et je ne savais même plus où !
– Moi, ça ne m'arrive pas encore ! Je touche du bois !
« Toc, toc, toc ! » fait alors la troisième mamie en tapant sur le banc de bois, avant d'ajouter :
– Qui est là ?

Blagues à Toto

Toto remarque une mamie qui a des difficultés à porter ses sacs de courses. Gentiment, il se propose de l'aider et de porter ses cabas jusqu'à sa maison. La grand-mère accepte volontiers et Toto transporte donc ses commissions jusque chez elle, une centaine de mètres plus loin. Une fois arrivée, la grand-mère sort son porte-monnaie et tend, en guise de récompense, une pièce de deux euros à Toto. Celui-ci prend la pièce et la met instantanément dans sa poche, sans mot dire. Quelque peu froissée, la mamie lui dit :
– Qu'est-ce qu'on dit ?
Et Toto lui répond :
– C'est tout ?

La maîtresse explique que l'oxygène a été découvert au XVIIIe siècle. Toto lève la lève la main et demande :
– Mais comment ils faisaient, avant, pour respirer ?

Toto est en vacances à la campagne, chez sa tante. Il va voir cette dernière et lui demande :
– Tu peux me rappeler où naissent les petites filles ?
– Les petites filles naissent dans les roses.
– Et les garçons ?
– Les petits garçons naissent dans les choux.
Sur ces dires, Toto s'empresse de rejoindre la petite voisine de son âge avec qui il s'amusait et qui l'attendait dans la grange. Il lui lance :
– C'est bien ce que je disais, dans l'oignon, ça ne risque rien !

La maman de Toto lui demande :
– Toi qui te prends pour un super-héros… Est-ce que Superman pourrait m'aider à mettre le couvert, s'il te plaît ?
– Je ne suis pas Superman ! lui répond Toto.
– Alors quel super-héros es-tu ?
– Je suis Superfatigué…

La maîtresse demande à Toto :
– Que doit-on mettre sur le « a » de « céréales » ?
– Un accent circonflakes !

Ces chères têtes blondes

Un élève demande à son professeur de français :
– *La Peste*, est-ce Camus ?
– Oui, c'est Camus.
– D'accord. Et la branlette, est-ce Pagnol ?

———

– Mamie, j'aime bien rester assise à côté de toi quand tu regardes la télé, dit une petite fille à sa grand-mère.
– Tu es bien mignonne.
– Comme ça, poursuit la petite, ça me fera des souvenirs pour quand tu seras morte.

———

– Papa, j'ai peur des monstres qu'il y a dans les films…
– Mais ce ne sont pas de vrais monstres, ce sont juste des gens avec du maquillage !
– Comme maman ?

———

Un grand-père se promène avec son petit-fils. Au détour d'une rue, le petit découvre deux chiens en train de copuler. Il interroge son grand-père :
– Papy ! Pourquoi ils font ça, les chiens ?
Gêné, le papy imagine une réponse plus ou moins plausible :
– Disons que... il y a un chien qui s'est cassé les quatre pattes ! Alors l'autre, il essaye de le porter sur son dos !
– Ah bon ? Et tu crois que c'est pour le remercier qu'il l'encule ?

Un enfant reçoit son cadeau d'anniversaire des mains de sa mère :
– Tiens ? fait-il, surpris. C'est le même papier cadeau que celui du père Noël !
– Ah bon ? répond la mère, gênée.
– Et je commence à me demander, reprend le petit, si tu existes ou pas...

Une jeune fille demande à sa maman :
– Hé, maman ! C'est quoi un « dilemme » ?
– Un dilemme... Eh bien, tu vois, dans quatre ou cinq ans, tu auras certainement un mari, comme moi !
– Arrrghhh ! La honte ! fait la jeune fille.
– Dans ce cas, si tu préfères, tu peux rester vieille fille, comme ta tante !

Comment emmerder le monde

Une personne vous téléphone. Décrochez et traitez-la de tous les noms. Vous lui direz ensuite que vous pensiez qu'il s'agissait d'un démarchage téléphonique !

——

Très régulièrement, empruntez quelque chose à votre voisin. Du sel, un outil, un chargeur de téléphone… jusqu'à ce que, pour se débarrasser de vous, il vous dise : « Gardez-le ! »

——

Avant de quitter le Lavomatic, abandonnez dans une machine les vieux caleçons ou culottes que vous souhaitiez jeter.

——

Demandez que quelqu'un se lève pour laisser s'asseoir une personne âgée qui ne l'est pas du tout !

——

À la plage, disputez une partie de raquettes au-dessus d'une personne allongée.

Posez toujours votre sac-poubelle, vos déchets recyclables et vos bouteilles en verre sur le couvercle de leurs conteneurs respectifs !

Commencez toutes vos phrases par « Tu sais quoi ? » et attendez que l'on vous dise « Non... » avant de poursuivre.

Au pied d'un escalator, demandez à une personne pressée de bien vouloir vous donner la main pour vous aider à l'emprunter.

Suppliez un chauffeur de bus pour qu'il rouvre les portes et dites-lui, au moment de monter, « Ah ben non, j'me suis trompé de bus ! » ou encore « Le prochain passe dans combien de temps ? »

Drôles de couples

Après s'être disputée avec son mari, une femme lui dit :
– Allez, maintenant, on arrête. Dis-moi juste les trois petits mots magiques et on oublie la dispute !
– Tu as raison…

Une femme à son mari, qui est en train de prendre son petit-déjeuner :
– J'ai lu une étude qui dit qu'il ne faut pas boire de café à jeun. Qu'il faut avoir une activité physique avant de déjeuner, qu'il est préférable de manger des fruits que de la confiture…
– OK ! Je croyais que tu étais casse-couilles, mais en réalité tu es coach personnel ?

La Grande Faucheuse sonne à une porte. Un homme lui ouvre…
– Je viens te délivrer de ta souffrance ! lui annonce-t-elle.
L'homme se tourne alors vers l'intérieur et appelle :
– Chérie, c'est pour toi !

Au comptoir d'un bar :
– Pour quelle raison tu es là, toi ? demande un type à son voisin.
– Ma femme m'a lancé un ultimatum.
– Lequel ?
– Soit j'arrête d'oublier ce qu'elle dit et je fais je ne sais plus quoi, soit elle me fout à la porte…

– Tu as parfaitement raison ! dit un homme à sa femme.
– Mais je n'ai encore rien dit ?
– Je sais, c'est juste pour gagner du temps…

Une fille à son petit copain :
– Ça fait deux ans qu'on sort ensemble et je réalise que tu es un con.
– Il t'a fallu deux ans et c'est moi le con ?

Une femme âgée essaye pour la première fois un téléphone portable :
– Chéri ! Comment on fait pour revenir en arrière ?
– Je sais pas, je me pose la question depuis quarante ans !

Trop blondes

Une blonde à la caisse d'une épicerie :
– Est-ce que je peux payer avec une carte ?
– Oui, bien sûr.
– Tenez ! Le neuf de carreau.

Une automobiliste blonde se fait arrêter par un gendarme :
– Vous savez pourquoi je vous arrête ?
– Non.
– Vous avez pris une voie de bus.
– Ah mais non, c'est pas possible, je suis nulle en imitation !

Une caissière à une blonde :
– Vous avez la carte du magasin ?
– Non…
– Vous la voulez ?
– Non merci, j'ai un bon sens de l'orientation.

Une blonde a pris rendez-vous chez son banquier.
– Combien aimeriez-vous emprunter ? lui demande ce dernier.
– Dix mille euros.
– Bien, je vous propose de faire une simulation pour commencer.
– Oh oui ! Oh oui ! Han ! Han ! Encore ! Oh oui !

Une blonde raconte à une amie sa soirée de la veille :
– Je suis sortie avec un mec, il ne pensait qu'à une chose : manger indien !
– Ah bon ? Et il était indien ?
– Même pas ! Mais c'était une obsession : « J'ai envie de manger tamoul... Je veux manger tamoul... Laisse-moi manger tamoul... » Pfff...

Une blonde pleure toutes les larmes de son corps...
– Qu'as-tu, ma pauvre ? s'inquiète son amie.
– J'ai fait quatre tests de grossesse, ils sont tous positifs !
– Mais c'est génial ! Vous vouliez bien un enfant ?
– Oui, mais comment va-t-on faire pour s'occuper de quatre enfants ?!

Les belles-mères

Un homme se rend dans une entreprise funéraire.
– Que puis-je pour vous ? lui demande un employé.
– Je voudrais acheter un cercueil pour ma belle-mère.
– Toutes mes condoléances, monsieur. Quel genre de cercueil souhaitez-vous ?
– Du genre impossible à ouvrir de l'intérieur !

Deux hommes discutent sur leur lieu de travail :
– Tu n'as pas l'air d'être dans ton assiette, aujourd'hui ?
– C'est que j'ai enterré ma belle-mère, hier.
– Oh ! Désolé pour toi et pour ta femme. Qu'est-ce qu'elle avait ?
– Rien… Un vieux buffet, cinq cents euros sur un compte épargne, une vieille armoire…

Quelle différence y a-t-il entre une belle-mère et un pastis ?
On ne doit pas noyer un pastis !

– Belle-maman, pourquoi continuez-vous à acheter des plantes, vous les faites toutes crever ?
– Pour vous rappeler de quoi je suis capable !

Si vous êtes climatosceptique, par temps de canicule, n'oubliez pas de mettre le chauffage chez votre belle-mère !

Un homme entre dans une pharmacie et demande de l'arsenic. La pharmacienne lui répond :
– Je n'en ai pas. Vous acceptez le générique ?
– Oui.
– Vous avez une ordonnance ?
– Non, mais j'ai amené la photo de ma belle-mère…

Un homme avoue à un copain :
– Pour mon divorce, c'est vrai que les torts sont partagés… 50 % des torts à ma femme et 50 % des torts à ma belle-mère !

Un homme téléphone à son beau-père :
– Allô, beau-papa ? Vous pouvez me passer belle-maman ?

Monsieur et Madame...

Monsieur et Madame **Donchié** ont une fille. Comment l'appellent-ils ?
Éva (Eh, va donc chier !).

Monsieur et Madame **Hour** ont une fille. Comment l'appellent-ils ?
Axel (Ah, qu'c'est lourd !).

Monsieur et Madame **Cochoneripartou** ont un fils. Comment l'appellent-ils ?
Amédée (Elle met des cochonneries partout !).

Monsieur et Madame **Conda** ont une fille. Comment l'appellent-ils ?
Anna (Anaconda).

Monsieur et Madame **Culairedroi** ont une fille. Comment l'appellent-ils ?
Lorie (L'auriculaire droit).

Monsieur et Madame **Dai** ont une fille. Comment l'appellent-ils ?
Bonnie (Bonne idée).

Monsieur et Madame **Dainoir** ont une fille. Comment l'appellent-ils ?
Daisy (Des idées noires).

Monsieur et Madame **Aleurpou-Runefoa** ont une fille. Comment l'appellent-ils ?
Ondine (On dîne à l'heure pour une fois !).

Monsieur et Madame **Andiselon** ont une fille et un fils. Comment les appellent-ils ?
Cécile, Hans (Ses silences en disent long).

Blagues coquines

Quelle différence y a-t-il entre une fille encore célibataire et la dernière petite saucisse dans le bol d'apéro ?
La petite saucisse, tout le monde la veut !

Quelle est la différence entre les cuisses d'un homme et celles d'une femme ?
Entre les cuisses d'un homme, c'est toujours la même paire...

Deux pêcheurs posent leurs cannes pour pisser dans la rivière. Le copain dit :
– Le fond de l'air est frais.
L'autre lui répond :
– Le fond de l'eau aussi...

Pourquoi les chiens se lèchent-ils les couilles ?
Parce qu'ils le peuvent !

Un type désespéré est réconforté par son copain.
– Qu'est-ce qui ne va pas ? demande ce dernier.
– C'est à cause d'Emma, la fille que j'aime…
– Je sais, ça fait quatre mois que tu ne parles que d'elle ! Tu ne sais toujours pas comment l'aborder ? Que s'est-il passé ?
– Ben, tu sais, à chaque fois que je la vois, j'ai une superbe érection, alors…
– Oui, tu m'as déjà raconté.
– Elle m'a téléphoné et elle m'a enfin invité à dîner chez elle !
– Ah, c'est génial, ça ! Mais pourquoi es-tu dans cet état ? Tu n'as pas réussi à conclure ?
– C'est-à-dire que… pour ne pas être embarrassé par mon érection, j'avais scotché mon sexe autour de ma cuisse et…
– Et ?
– … à peine avait-elle ouvert la porte que je lui ai foutu mon pied dans la gueule !

Le saviez-vous ?

Aux premiers courants d'air dans la culotte, il est temps d'arrêter de tondre la marmotte.

Atroces et bien dégueues

Un type complètement bourré est assis au comptoir d'un bar. Soudain, les personnes qui étaient assises autour de lui se lèvent et partent, l'air écœuré. Le barman s'approche du type et comprend, à l'odeur, que l'homme s'est chié dessus…
– Baaaah ! Gros dégueulasse ! Pourquoi vous n'allez pas aux toilettes pour vous nettoyer ? gueule le barman.
Et le type lui répond :
– Ben… j'ai pas fini.

– J'ai entendu dire que des morceaux inédits de Michael Jackson allaient sortir !
– C'est parce qu'ils ne l'ont pas enterré assez profond.

Une femme vient de perdre son mari. Le croque-mort arrive pour faire la toilette du défunt et l'habiller avant que la famille et les amis ne viennent lui rendre visite. La femme lui fait une requête :
– Je suis très ennuyée… Mon mari portait une moumoute et personne ne le savait ! Il a toujours voulu

cacher sa calvitie et je suis la seule à connaître la vérité. Si sa moumoute vient à tomber et que quelqu'un le voyait ainsi… il en aurait été très chagriné !
– Je comprends, madame. Je comprends.
– Pourriez-vous faire en sorte qu'elle ne tombe pas ?
– Mais bien entendu, madame !
L'employé des pompes funèbres prépare le corps. La famille et les amis rendent ensuite visite au défunt et tout se passe pour le mieux, la moumoute ne tombe pas. Après l'enterrement, la femme remercie le croque-mort :
– Je tenais à vous remercier, tout s'est parfaitement déroulé, la moumoute n'est pas tombée… Est-ce que je vous dois quelque chose pour ce service ?
– Non, ce n'est rien, madame. Après tout, ce ne sont que quelques clous…

Quelle est la différence entre un bébé blanc et un bébé noir ?
Dix minutes, thermostat 8.

Pourquoi trouve-t-on de moins en moins de pure laine vierge ?
Parce que les bergers courent de plus en plus vite.

L'abus d'alcool est dangereux pour la santé

Une femme rencontre une amie dans un supermarché :
– Tiens, je ne m'attendais pas à te voir là ! Tu ne fais jamais tes courses…
– Hier soir, confie l'autre, je me suis regardée dans le miroir et je me suis trouvé belle… J'avais vingt ans de moins !
– Cool ! Alors, tu reprends ta vie en main, tu sors de nouveau faire tes courses ?
– Ouais… Je me suis dit qu'il fallait que je trouve la même bouteille de vin qu'hier !

Pourquoi les alcooliques n'ont-ils pas peur de la mort ?
Parce qu'ils espèrent leur mise en bière !

Quel point commun y a-t-il entre un pêcheur et un alcoolique ?
Le meilleur appât, c'est le ver (re) !

Tous les jours, un homme a pris l'habitude de commander deux bières en même temps. Le patron finit par lui demander à quoi correspond ce rituel.
– J'ai un pote qui est mort il y a trois mois. Alors, pour ne pas l'oublier, je commande toujours deux bières. Une pour lui, une pour moi.
Un mois plus tard, le type se présente dans le bar et commande une seule bière. Le patron lui demande :
– Eh bien ? Vous n'oubliez pas votre copain, aujourd'hui ?
– Non, pas du tout ! C'est moi qui arrête de boire…

Comment bronze un alcoolique ?
Au début, c'est blanc, ensuite rosé, et puis rouge !

Un type rentre chez lui après une soirée bien arrosée. Sa femme l'attend de pied ferme…
– Te voilà enfin ! Tu veux m'expliquer pourquoi tu rentres à moitié bourré ?
– Ben… c'est pas ma faute, j'avais plus d'argent pour rentrer complètement bourré !

Quel est le plus gros mensonge d'un alcoolique ?
« Allez, juste un verre ! »

Les hommes les femmes

Une fille à un gars :
– Vous, les mecs, à part raconter des blagues misogynes, vous savez faire quoi ?
– Les créneaux.

Quand une femme peut-elle dire d'un homme qu'il est bien balancé ?
Lorsqu'elle l'a définitivement jeté !

Qu'a-t-on trouvé de mieux qu'une femme ?
Des frigos intelligents, des fours intelligents, des machines à laver intelligentes…

Quel point commun y a-t-il entre des hommes qui font une virée entre célibataires ?
Ils sont tous mariés !

Quel est le point commun entre une femme et une piscine ?
Elles sont chères à entretenir.

Pourquoi les hommes disent-ils qu'ils sont les chefs à la maison ?
Parce que les hommes sont menteurs…

Comment appelle-t-on une fille qui ne veut pas avoir de relation sexuelle avant le mariage ?
Pourquoi voulez-vous l'appeler ?

Qu'est-ce que le clitoris, les toilettes et les anniversaires ont en commun pour les hommes ?
Ils les ratent tout le temps…

Comment congèle-t-on les morues ?
En tirant la couverture à soi.

Pourquoi les hommes pissent-ils debout ?
Parce que ce ne sont pas eux qui nettoient les toilettes.

Perles des garagistes

– C'est pour votre véhicule ?
– Non, pour celui de ma femme, qui suce trop.

———

« Son derrière ne s'allume plus. »

———

– On m'a dit que la voiture avait certainement pété un câble.
– Le câble de l'accélérateur ?
– Non, je ne sais pas…
– - « Pété une durite » ?
– Oui !

———

« C'est la troisième fois cette année que je me fais prendre par-derrière ! »

———

« J'ai eu une petite panne, elle pompe mal… »

———

« Elle s'est mise à tousser et à cracher. Je pense que ce que je lui ai mis dedans ne lui a pas plu… »

« Hein ? Je suis obligé d'acheter une voiture pour avoir droit à la reprise de l'État ? Mais c'est dégueulasse, ça ! C'est encore pour vous pousser à consommer, ça ! »

« Il y a longtemps que je ne l'ai pas lubrifiée… »

« La pédale est molle, elle tire plus… »

« En voulant lui remplir le bocal, je me suis trompé de trou. »

« J'ai défoncé la pédale. »

« Mon pneu est mort. Il y a eu l'accident et ma femme a crevé. »

Dieu & Co.

Une paroissienne au curé :
– Pardon, mon père, je me demandais… Où se trouve l'évêché ?
– Au fond du couloir à droite.

Un jour, Dieu ordonna à Benz d'aimer et Benzema !

Deux sœurs font leur marché. Un marchand les apostrophe :
– Allez, mes sœurs ! Regardez mes légumes ! Ils sont beaux, mes légumes ! Regardez mes concombres ! Pour deux concombres achetés, le troisième est gratuit !
Une sœur se tourne alors vers l'autre et lui demande :
– Qu'est-ce que tu en penses ? On pourrait peut-être manger le troisième ?

Roger n'est pas un homme gâté par la nature. Il est très gras et pas très beau. À l'approche de la quarantaine, il est encore célibataire et désespère de trouver un jour l'âme sœur. Considérant que son physique est à l'origine de son célibat, il se résout à faire un régime draconien. Il fait aussi beaucoup de sport, des implants capillaires, de la chirurgie esthétique. Au bout de deux ans d'efforts et de sacrifices, Roger est bien récompensé : il est méconnaissable ! C'est dorénavant quelqu'un de beau, svelte et musclé ! Un jour, une jolie femme croise son chemin… L'amour vient enfin de frapper à sa porte ! Après quarante années de déprime et de solitude, c'est une nouvelle vie qui s'annonce. Roger et la jolie femme sympathisent. Un soir, la jolie femme se penche au-dessus de son visage et s'apprête à déposer un baiser sur ses lèvres… Malheureusement, à ce moment-là, Roger est terrassé par une crise cardiaque et monte directement au paradis sans avoir jamais pu goûter aux délices de l'amour. Devant saint Pierre, il se plaint :

– Mais pourquoi moi ? Pourquoi maintenant ?

– Qui es-tu ? demande saint Pierre.

– Je suis Roger et…

– Roger ? Ah, merde ! Désolé, je ne t'avais pas reconnu…

Un jour, Dieu ordonna au riz de coller et le Ricola !

Blagues à papa

Que dit Spider-Man lorsqu'il se réveille le matin ?
Mince ! J'ai encore tissé au lit !

Que disent les marins lorsqu'ils sont fatigués ?
Je suis crevé… Ce soir, je me Cousteau !

Pourquoi jeudi est-il le jour le plus chaud de la semaine ?
Parce que jeudi gouline…

Comment s'appelle ma tata ?
Akouna : Akouna, ma tata !

Pourquoi Barry chante-t-il quand il s'occupe de sa pelouse ?
Parce que Barry tond.

Pourquoi les randonneurs ont-ils peur des agressions ?
Parce qu'ils empruntent souvent des sentiers battus.

Quel est le superhéros dont les pouvoirs ne sont que du vent ?
Pétomane.

Pourquoi ne peut-on pas s'appeler Claire et travailler dans une ferme ?
Parce que la ferme tuerait Claire…

Que crie une bière alsacienne qui tombe à l'eau ?
Je sais panaché !

Comment reconnaît-on un hamster femelle ?
On le colle à son oreille et si on entend de la musique, c'est un hamster femelle, car dans le corps d'hamster dame, y a des marins qui chantent…

Trop blondes

– Tu en penses quoi, de la dissolution de l'Assemblée ? demande une fille à une amie blonde.
– On ne dit pas « la », on dit « les » dix solutions !

Qu'est-ce qu'une IA ?
Une blonde teinte en brune.

– Alors, tu as perdu du poids ou pas ? demande une fille à une blonde.
– Pas du tout ! J'en ai même pris à cause de tes conseils !
– Quels conseils ? Je t'ai seulement dit que c'était une question de mental !
– Ouais, bah... l'emmental, ça marche pas !

Une blonde se présente à une fille :
– Salut, moi, c'est Sophie. Et toi ?
– Lauréane.
– OK, Laure. Où est Anne ?

Une fille à sa copine blonde :
– Qu'est-ce que tu fais quand tu veux perdre du poids, toi ?
– Je me lave avec du liquide vaisselle.
– Hein ?
– Oui, c'est dégraissant !

Comment appelle-t-on une blonde diabétique ?
Une tarte trop sucrée.

Un type tout maigrelet entre dans un bar et lance :
– Vous voulez connaître la dernière blague qui circule sur les blondes ?
À ce moment-là, cinq membres de l'équipe féminine suédoise d'haltérophilie, accoudées au comptoir, se retournent :
– Vas-y, raconte, qu'on rigole un peu !
– Désolé, mais je n'ai pas envie de la raconter cinq fois…

Pourquoi les blondes préfèrent-elles la pilule au préservatif ?
Parce que c'est plus facile à avaler.

Comment se débarasser des cons

La réplique anti-cons

«Les gens disent qu'ils sont allergiques aux poils de chat mais en fait non, c'est à la salive du chat qu'ils sont allergiques. C'est comme moi, ce n'est pas toi que je ne supporte pas, c'est ta connerie!»

Se débarrasser d'un démarcheur téléphonique

– Monsieur Martin? Je suis Michel de la société Énergie Verte Renouvelable en partenariat avec EDF. Vous êtes propriétaire d'une maison et vous n'avez pas de panneaux solaires?

– C'est une maison troglodyte.

– Une quoi?

– Je vis dans une grotte.

– Ah…

La réplique anti-cons

«L'inconvénient, avec toi, c'est que tu ne te déplaces jamais seul, tu es toujours accompagné de ta connerie.»

D'après Arletty

La méthode sportive

Organisez de nouveaux sports, les plus cons le seront suffisamment pour y participer :

- le lancer de cons ;
- la traversée de Paris à la nage, par les égouts ;
- le saut en longueur dans du sable mouvant.

Se débarrasser d'un démarcheur téléphonique

– Bonjour, vous êtes Monsieur Martin ?

– Oui…

– Je me présente, je suis Michel d'Énergie Verte Renouvelable, nous travaillons en partenariat avec EDF. Vous êtes bien propriétaire d'une maison et vous n'avez pas de panneaux solaires ?

– En fait, je n'ai pas l'électricité, je m'éclaire à la bougie.

– Ah… Et quel est votre mode de chauffage actuel ?

– Ben… la bougie.

La réplique anti-cons

– Tu penseras à prendre rendez-vous chez ton docteur ?

– Pour quoi faire ?

– Pour qu'il te fasse passer une andouillescopie et que l'on confirme ta mort cérébrale !

Devinettes

Quel est l'homme le plus désiré au monde?
Le livreur de pizzas.

Comment ne plus se ronger les ongles?
En se grattant régulièrement le cul.

Comment les brunes passent-elles la serpillière?
Elles lèvent les bras et avancent!

Quel est le comble pour un comédien obèse?
C'est de faire un bide.

Qu'est-ce qui est bleu et profond?
Le trou du cul d'un Schtroumpf!

Quelles sont les figures géométriques à éviter?
Les cercles vicieux et les triangles amoureux.

Qu'est-ce qu'un paradoxe ambulant?
C'est un joggeur avec un paquet de chips à la main.

Quelle est la différence entre un Maghrébin et un Alsacien?
Le Maghrébin parle français.

Quel avantage y a-t-il à être petit?
Ce que l'on dit sur vous vous passe au-dessus de la tête!

Quelle différence y a-t-il entre les grands navigateurs découvreurs et nous?
Les grands navigateurs traversaient les océans en utilisant les étoiles pour découvrir des nouvelles terres, et nous, on rate la sortie d'un rond-point avec un GPS pour rentrer chez nous…

Humour noir

Quel est le point commun entre un fumeur de joint et un handicapé en fauteuil ?
Ça roule…

Quelle différence y a-t-il entre un obsédé sexuel et un nécrophile ?
Le nécrophile ne drague pas tout ce qui bouge !

Dans un EHPAD, une infirmière tente de remonter le moral d'un vieux monsieur :
– C'est bientôt Noël, vous allez pouvoir fêter ça !
– Tout le monde est mort dans ma famille, je n'ai plus personne avec qui fêter Noël…
– Oh… Bah, c'est pas grave, vous vous rattraperez à la Toussaint !

– Dis, papa, c'est quoi l'humour noir ?
– Tu vois le monsieur qui n'a pas de bras, là-bas ?

– Mais papa, je suis aveugle…
– Ben voilà…

Pourquoi ne faut-il pas mettre un GPS pour se rendre à un cimetière ?
Pour ne pas qu'il vous dise : « Vous êtes arrivé à votre destination. »

Un type pose une devinette à son voisin :
– Qu'est-ce qui a quatre pattes et qui ne respire pas ?
– Ahah ! Trop facile, c'est une chaise !
– Perdu, c'est votre chien, je viens de l'écraser…

Un homme qui a tenté de se pendre se rend au confessionnal.
– Mon père, pardonnez-moi parce que j'ai péché…
– Qu'as-tu fait, mon fils ?
– J'ai tenté de me suicider…
– Oh, mon fils, repends-toi !

Les plus courtes sont les meilleures

Quand on offre un cadeau, on garde les tickets de caisse pour dire « On peut changer si tu veux... », mais pour les cadeaux achetés sur Vinted, on dit quoi ? « Tu valides ? Je n'ai que quarante-huit heures pour faire un litige » ?

– Alors, ton régime ?
– Je crois que je vois enfin la lumière au bout du tunnel !
– Hum... t'es sûre que ce n'est pas la lumière de ton frigo ?

– Chérie, comment tu aimes ton café ?
– Comme toi.
– Allongé...

Si vous aviez le choix entre la fortune d'Elon Musk et pouvoir résoudre la faim dans le monde... de quelle couleur serait votre Ferrari ?

– As-tu suivi les conseils de ton médecin pour perdre du poids ?
– Oui. Maintenant, je marche !
– Je te félicite ! Jusqu'où vas-tu ?
– Ben… je dors plus sur le canapé, je me lève pour marcher jusqu'au lit !

– Dis, papy, pourquoi on est tous moches dans la famille ?
– Non, moi, c'est maman.

Le saviez-vous ?
Un Français sur Sète a plus chaud qu'un Français sur Troyes.

Au comptoir d'un bar, un type à son voisin :
– Demain, c'est le week-end pascal.
– Non, moi, c'est Robert…

– Alors, on promène sa vache ? dit un homme à une passante.
– Ce n'est pas une vache, c'est un chien ! rétorque la passante vexée.
– C'est au chien que je m'adresse ! lui répond l'homme.

Hommes et femmes en blanc

Un psy conclut une séance avec son patient :
– Vous faites un dédoublement de personnalité… Vous pouvez me régler les quatre-vingts euros de la séance, maintenant ?
– Demandez à l'autre !

Un médecin n'est pas content de son patient :
– Quoi ?! Ça fait six mois que je vous soigne pour une jaunisse et ce n'est que maintenant que vous me dites être asiatique ?!

Une paysanne se rend chez son docteur :
– J'ai un problème avec mon mari, déclare-t-elle.
– Expliquez-moi, lui demande le médecin.
– Alors, voilà. À chaque fois que je veux faire l'amour à mon mari, je me déshabille et il se prend pour une chèvre !
– Je ne comprends pas… Demandez à votre mari de venir me voir, il vaudrait mieux que j'en parle avec lui.
– Très bien, je lui demanderai.

– En attendant, puisque vous êtes là, je vais en profiter pour vous ausculter. Veuillez vous déshabiller, s'il vous plaît.
La femme se déshabille, le docteur la regarde et dit :
– Bééééééééééééééh !

Chez le docteur…
– J'ai toujours chaud, je ne sais pas pourquoi.
– C'est à cause de votre œsophage.
– Ah bon ?
– Oui, vous avez l'œsophage central…

Un photographe prend la photo d'un groupe de médecins spécialistes en séminaire.
– Serrez-vous un peu ! Très bien. Maintenant, tout le monde me regarde et dit : « Honoraires ! »

Un homme consulte son médecin :
– Docteur, tous les jours, je travaille comme un âne, je mange comme un cochon, je baise comme un lapin, puis je m'endors comme un loir… Que me conseillez-vous ?
– De consulter un vétérinaire…

Mots d'esprit

«Les hommes ont une vie plus agréable que les femmes. Premièrement, ils se marient plus tard et, deuxièmement, ils meurent plus tôt.»

Henry Louis Mencken

«Un ami, c'est quelqu'un qui vous connaît bien et qui vous aime quand même.»

Hervé Lauwick

«Bien mal au cul ne profite jamais.»

Pierre Desproges

«Les vieux se répètent et les jeunes n'ont rien à dire. L'ennui est réciproque.»

Jacques Bainville

« Napoléon n'était qu'à moitié corse : il ne croisait qu'un seul bras ! »

Coluche

« On compare souvent le mariage à une loterie. C'est une erreur car, à la loterie, on peut parfois gagner. »

George Bernard Shaw

« Le peu que je sais, c'est à mon ignorance que je le dois. »

Sacha Guitry

« Loi d'Archimède : plus la femme est légère, plus les dépenses sont lourdes. »

Sim

« La seule arme qui m'intéresse, c'est le tire-bouchon. »

Jean Carmet

Les copains, les copines

– Tu as un conseil pour que je fasse fondre les hommes ? demande une fille à une amie.
– Oui, l'acide.

– Alors, tu as réussi à perdre du poids avant les vacances ? demande une femme à une amie.
– J'arrive à fermer le bouton de mon jean.
– Waouh ! Super !
– Le problème, c'est que je n'entre toujours pas dedans…

– Qu'est-ce que tu fais là ? demande une fille à une pote qui attend sur le trottoir.
– Ben… j'attends le bus !
– Ne reste pas au bord du trottoir, tu vas te faire ramasser par le camion poubelle !

– T'es fatigué ? demande un type à un pote.
– Je suis mort, je ne parviens pas à trouver le sommeil…

– Tu as essayé de compter les moutons ?
– M'en parle pas, hier soir, il m'en manquait un, j'ai recompté toute la nuit !

Une femme à une copine :
– C'est bien la première fois que je te vois en jogging !
– Oui, je me suis mise au sport !
– Toi ? Et tu cours ?
– Le docteur m'a dit de m'y mettre doucement. Pour le moment, j'ai juste mis le jogging.

Un gars à un pote :
– Tu connais la différence entre toi et ta voiture ?
– Non ?
– Ta voiture a plus de rapports que toi !

– Tu vends toujours ta moto ? demande un gars à un pote.
– Ouais.
– Tu la vends combien ?
– Deux mille cinq cents euros.
– Et… c'est quoi le plus bas où tu peux aller ?
– 3 km/h. Après, tu tombes sur le côté.

Drôles de couples

– Le seul sport que tu fais, c'est aller du canapé au frigo pour te servir dans le bocal de pâté, puis revenir au canapé pour le manger ! reproche une femme à son mari.
– Tu as raison, le 1er janvier, je prendrai la résolution de devenir végé !
Le 1er janvier venu, l'homme avachi dans le canapé appelle sa femme :
– Chérie ! Tu veux bien aller me chercher le bocal de pâté dans le frigo, s'il te plaît ?
– Pardon, je croyais que tu avais pris la résolution de devenir végé ? Tu es bien végétarien, maintenant ?
– Non...
– Végétalien ?
– Non... végétatif ! Je ne quitte plus le canapé !

Un mec compose un numéro de téléphone parmi ses contacts. Une voix féminine lui répond :
– Allô ?
– Bonjour, Antoine à l'appareil. Je suis désolé, je ne sais pas qui j'appelle, un ami a modifié le nom de tous

mes contacts dans mon téléphone ! Je les appelle un par un pour les mettre à jour. Vous êtes qui ?
– Il y a écrit quoi à la place de mon nom ?
– « Salope » ...
– OK... Pour info, je suis Aline, ton ex !
– Ah ben, en fait, il n'a pas modifié ce contact...

Un mari à sa femme qui s'énerve :
– Tu devrais cultiver un peu ta patience !
– Ce n'est pas la saison ! ! !

Une fille téléphone à son copain :
– T'es où ?
– Je vais au zoo.
– Tu vas rendre visite à tes proches ?
– Non, je vais demander ta main à tes parents !

– Je te préfère sans soutien-gorge, dit un vieux monsieur à sa vieille femme.
– Mais j'ai mes gros seins qui tombent ! s'étonne cette dernière.
– Oui, mais ça te tend la peau du visage !

Trop blondes

Qu'est-ce qu'une brune coincée entre deux blondes ?
Une tranche de cervelle.

Une blonde à son mari :
– Je crois que j'ai réfléchi.
– Alors, ça fait comment ?

Une blonde rend visite à une sexologue.
– Sexuellement, mon mari et moi… on s'ennuie.
– Il faudrait pimenter un peu votre vie sexuelle. Vous changez souvent de position ?
– Ah ? Il y a plusieurs positions ? s'étonne la blonde.
– Oui ! Par exemple, vous pourriez essayer la levrette, conseille la sexologue.
– La levrette… C'est quoi ?
– Vous avez déjà vu comment font les chiens dans la rue ?
– Oui !

– Eh bien, voilà ! C'est ça !
– Bon… d'accord, mais… il faut quand même qu'on trouve un quartier où personne ne nous connaît !

Une blonde pilote un petit avion. Alors qu'elle se présente au-dessus de l'aérodrome de Saint-Cyr, la tour de contrôle entre en contact avec elle :
– Veuillez indiquer votre position et votre hauteur !
Et la blonde répond :
– Je suis assise et je mesure un mètre soixante-cinq !

Pourquoi offre-t-on des fleurs aux blondes ?
Parce qu'un ballot de foin, c'est trop lourd !

Pourquoi les blondes ont-elles deux neurones de plus que les vaches ?
Pour pas qu'elles meuglent quand vous leur tirez les mamelons !

Une blonde pose une devinette à une copine :
– Qu'est-ce qui est vert, qui vole et qui a trois têtes ?
– Euh… Je ne sais pas !
– Moi non plus…

Dictons à la con

« Il n'y a pas que la vérité qui blesse, un bon coup de pelle, ça fait mal aussi ! »

« Qui aime bien ses lunettes ménage sa monture. »

« Qui ne tente rien, ne va pas au camping. »

« Vache qui pète, mouche qui fouette. »

« Mieux vaut partir en couilles que revenir à pied. »

« Femme au couvent, poils sur le devant. »

« Mari au placard, gode dans le tiroir. »

« Qui s'endort le poireau dans la main, se réveille le plafond repeint. »

———

« Il n'y a pas de fumée sans Indiens. »

———

« Qui vole un bœuf est vachement musclé ! »

———

« Tousse pour un, rhume pour tous ! »

———

« On peut faire le tour du monde avec l'envie de se marier. Mais avec l'envie de chier, on ne peut pas. »

———

« Au pays des borgnes, les cyclopes sont aveugles. »

———

« Il faut battre son frère tant qu'il a chaud. »

———

« Quand chatte mouille, jamais bite ne rouille. »

———

Nos chers collègues

À la machine à café, un collègue demande à un autre :
– Ton café, tu le prends sans sucre ?
– Non, je le prends sans toi.

———

Un type présente ses condoléances à un collègue de bureau :
– Toutes mes condoléances pour ta femme… Comment ça va ?
– Ça me rend triste de la savoir là-bas, allongée au milieu de toutes ces tombes…
– Si ça peut te soulager, sache que ce n'est pas la première fois qu'elle se couche avec des gens qu'elle ne connaît pas !

———

Une femme annonce à une collègue de bureau :
– Cette nuit, j'ai mis fin à une relation de dix ans !
– Ah… Ça s'est bien passé ?
– Très mal, mais ce n'était pas la mienne…

———

– J'en peux plus d'être entouré de cons ! lance un type à un collègue.
– Tu n'aimes personne… lui répond-il.
– Faux ! Il y a des gens que j'aime !
– Ah oui, lesquels ?
– Ceux qui sont morts.

Une femme arrive en retard à son travail…
– On vous attend depuis trente minutes ! lui reproche son supérieur.
– Oui, désolée, se faire belle, ça prend du temps !
– Et donc, pourquoi êtes-vous en retard ?

– Tu as ta tête des mauvais jours ! dit un type à un collègue.
– Ouais ! Ce matin, j'ai découvert que ma femme m'avait quitté depuis la semaine dernière ! Soi-disant que je ne faisais pas attention à elle…

Un patron pénètre furieusement dans le bureau de sa nouvelle secrétaire :
– Que faites-vous ?! Le téléphone n'arrête pas de sonner et vous ne répondez pas !
– Bah oui, c'est jamais pour moi que ça sonne !

La ronde des métiers

Chanteur

Un chanteur passe une audition pour une comédie musicale. Dès les premières vocalises, le directeur de casting le stoppe et lui annonce :

– Désolé ! C'est non pour vous ! J'ai horreur d'entendre des grossièretés !

– Mais, s'offusque le jeune chanteur, je n'ai dit aucun gros mot !

– Je sais, mais si je vous engage, c'est le public qui vous insultera !

Dictateur

En Corée du Nord, deux prisonniers se racontent les raisons de leur emprisonnement.

– Moi, dit le premier, je n'avais pas affiché le portrait de Kim Jong-un chez moi. Je suis condamné à la prison à vie !

– Moi, dit le second, je n'ai pas applaudi le discours de Kim Jong-un. Je ne vais faire que trois jours de prison.

– Mais c'est injuste ! Trois jours seulement ?
– Oui. Après, on va m'écarteler avant de nous donner, moi et toute ma famille, à manger aux chiens.

Gendarme
Après avoir arrêté une automobiliste qui conduisait dangereusement, le gendarme s'adresse à son mari sur le siège passager :
– Est-ce que vous avez bu, monsieur ?
– Oui, confirme le mari de la conductrice.
– Monsieur, ce n'est pas une raison de laisser conduire votre femme !

Pâtissier
– Que fais-tu dans la vie ? demande une fille à un gars.
– Je suis pâtissier.
– Tu as pensé à tirer la sasse ?

Gendarme
Un gendarme arrête un type sur un scooter extrêmement bruyant.
– Votre silencieux fait trop de bruit ! signale le gendarme.
– Mon « silencieux fait du bruit » ? Mais c'est un paradoxe !
– Peu importe la marque, il fait du bruit !

Blagues coquines

Une femme annonce à son mari :
– Ce soir, j'aimerais bien qu'on inverse les rôles au lit, si tu vois ce que je veux dire…
– OK. Pas ce soir, j'ai la migraine.

———

Un homme entre dans un salon de coiffure et demande au coiffeur :
– Dans combien de temps pouvez-vous me couper les cheveux ?
– Dans environ une heure et demie.
L'homme ressort du salon. Le lendemain, il revient et demande au même coiffeur :
– Dans combien de temps pouvez-vous me couper les cheveux ?
– Dans à peu près une heure…
Et l'homme repart pour ne revenir que le lendemain.
– Dans combien de temps pouvez-vous me couper les cheveux ?
– Dans deux heures, je pense que ce sera bon…
Et le gars repart. La scène se répète ainsi pendant deux semaines. Un jour, le coiffeur demande à un collègue

de suivre l'homme à sa sortie du salon. Le collègue s'exécute et lorsqu'il revient, le coiffeur l'interroge :
– Alors ? Tu as pu le suivre, ce malade ?
– Oui…
– Et il est allé où ?
– Chez toi…

– Comment tu appelles ta femme, toi ? demande un type à un pote.
– « Mon chou. »
– Ooooh ! C'est miiiiignooon…
– Non, c'est juste parce que j'aime la fourrer.

Melon et Melèche se déguisent en CRS.
Melon prend le calot et Melèche la trique.

Deux femmes reviennent d'un bal masqué.
– Il était sympa, le type avec qui tu as dansé ?
– Lequel ?
– Celui déguisé en Adam !
– Oui, mais maintenant, je sais ce que signifie « être dur de la feuille » !

Perles des assurances

« Pouvez-vous m'assurer que je suis assuré ? »

« Je souhaiterais avoir une assurancetourix. »

« Le devant de la voiture est passé derrière et le derrière est passé devant. Moi, qui étais dedans, pareil. »

« Je vous envoie le constat d'assurance. Comme vous pouvez le constater, j'ai mis une fausse signature pour arranger nos affaires. J'espère que vous me remercierez avec une réduction sur mon assurance. »

« Le plus drôle, c'est que je suis le seul survivant. »

« Je suis un bon client et je ne comprends pas pourquoi vous ne me faites pas confiance quand je vous dis que c'est lui qui a tort. »

« Il ne faut pas dire que j'avais bu, puisque j'étais en train de boire... »

« Mon assurance couvre-t-elle les frais médicaux pour mon chien comme s'il était une personne à charge ? »

« Mon GPS n'a pas vu la voiture arriver. »

« Ma femme s'est pris le cul du camion qui lui a endommagé le visage. »

« Si les cotisations continuent d'augmenter, il n'y aura bientôt plus assez de place sur les chèques pour inscrire la somme en entier ! »

Atroces et bien dégueues

En Espagne, un violent incendie s'est déclaré dans un immeuble. Une petite fille a ouvert la fenêtre de sa chambre en feu et appelle au secours. Un toréador est au pied de l'immeuble et crie à la petite :

– Vas-y, saute ! Vite, saute !

– J'ai peur ! Je vais brûler !

– Non ! Tu ne vas pas brûler, je te le promets ! Saute !

Finalement, la petite fille se décide à enjamber la rambarde, puis se jette dans le vide. Lorsqu'elle arrive au niveau du toréador en bas, ce dernier pivote sur lui-même et crie :

– Olé ! ! !

Un type en prison se confie à son compagnon de cellule :

– Je n'aime pas les enfants.

– Pourquoi, ils font trop de bruit ?

– Non, ils ont un drôle de goût…

Deux clochards retirent leurs chaussures…
– Pouah ! La vache ! Qu'est-ce que t'as les pieds dégueulasses ! Ils sont plus pourris que les miens !
– Bah, c'est normal, j'suis plus vieux que toi !

Quelle est la différence entre un porto et un *fist fucking* ?
Trois doigts.

Un type rend visite à un copain. Après que ce dernier l'a invité à entrer dans l'appartement, il remarque la présence d'un gros chien allongé sur le canapé.
– Tiens ? Tu as un chien, maintenant, toi ?
– Oui ! Il est incroyable ! Et tu sais quoi ?
– Non, quoi ?
– Il est capable de te faire une petite gâterie !
– Hein ! Non… j'y crois pas.
– Tu vas voir !
Le type appelle son chien et lui ordonne :
– Allez ! Fais une gâterie à mon pote !
Le chien lève un œil éteint vers son maître et reste affalé sur le canapé.
– Dépêche-toi ! Fais une gâterie à mon copain !
Comme le gros chien reste toujours aussi impassible, son maître lui dit :
– Bon… C'est la dernière fois que je te montre !

Blagues à Toto

La maîtresse de Toto demande à sa classe de trouver des mots composés commençant par le préfixe « faux ».
– Un faux-col ! dit une première petite fille.
– Un faux-pli ! dit une seconde.
– Un faux plafond ! ajoute un garçon.
La maîtresse félicite sa classe :
– C'est très bien ! Je vois que vous avez compris la leçon. Et toi, Toto, tu as compris ?
– Oui, maîtresse.
– Alors tu as peut-être un exemple à nous donner ?
– Oui, mais j'ose pas…
– Mais si ! Allez, Toto, donne-nous ton exemple !
– Un faux-con, maîtresse !

Toto à sa maman :
– J'ai mal aux yeux ! Il faudrait aller voir un zieutiste !
Sa maman éclate de rire :
– Ha, ha ha ! Non, Toto. On ne dit pas un « zieutiste », on dit un « oculiste » !
– Ah ? Mais c'est pas là que j'ai mal !

La maman de Toto surprend son fils installé dans le placard de l'entrée...
– Que fais-tu là ? lui demande-t-elle.
– Je fais mes devoirs !
– Dans le placard ?
– Oui, la maîtresse a dit qu'il fallait qu'on s'entraîne aux calculs manteaux !

La maîtresse raconte l'histoire des trois petits cochons à sa classe :
– « La maman embrassa ses trois petits cochons et leur dit au revoir les larmes aux yeux. Ils s'en allèrent de chez eux pour construire leurs propres maisons. Le premier petit cochon rencontra un homme portant une botte de paille. "Puis-je avoir un peu de paille pour construire ma maison ? ", demanda le petit cochon. » À votre avis, dit la maîtresse en s'adressant à ses élèves, qu'a répondu l'homme portant la botte de paille ?
Toto lève la main et répond :
– Il a gueulé : « Oh putain ! Un cochon qui parle ! ! ! »

Au moment de demander à Toto de passer à table, sa maman constate qu'il a encore les mains sales...
– Toto ! Qu'est-ce qu'on fait avant de manger ?
– On prend l'apéro !

Les hommes les femmes

Pourquoi les femmes sont-elles si dépensières?
Comment faire autrement avec une tirelire qui a la fente en bas?!

Pourquoi un chien est-il mieux qu'un homme?
Parce qu'il est plus facile d'apprendre à un chien à être propre dans la maison.

Qu'est-ce qu'un bigame?
Un homme qui a une femme de trop.

Et un monogame?
Pareil…

Comment une femme sait-elle que son mari est mort?
Quand c'est elle qui a enfin la télécommande!

Quel service de covoiturage les femmes empruntent-elles le plus?
BlaBlaBlaBlaBlaBlaBlaBlaBlaBlaBlaBlaCar.

Qu'est-ce que le mariage?
Une méthode très coûteuse pour faire laver son linge gratuitement.

Quand un homme peut-il faire hurler sa femme pendant l'amour?
Uniquement quand il lui téléphone pour avouer où il se trouve.

Une étude statistique sur ce que les hommes pensent des jambes des femmes révèle que:
- 20 % des hommes interrogés préfèrent les jambes fines;
- 5 % les jambes rondes;
- 75 % se positionnent entre les deux.

Pourquoi faut-il des milliers de spermatozoïdes et seulement un ovule pour une fécondation?
Parce que les spermatozoïdes non plus ne veulent pas s'arrêter pour demander leur chemin.

Comment emmerder le monde

Donnez une pièce à un musicien de rue pour qu'il vienne jouer sous la fenêtre d'un voisin.

Au travail, excédez vos collègues en bâillant bruyamment à longueur de journée.

Si vous n'arrivez pas à dormir, comptez les moutons à haute voix pour partager ce doux moment avec votre conjoint.

N'appelez pas les chiens de vos amis par leur nom mais « le chien », « clébard », « sale clebs », « sac à puces », « bâtard » ...

Vous désirez fermer la porte de votre chambre ou de votre bureau sans vous lever ? Appelez la personne la plus proche afin qu'elle vous rejoigne, puis demandez-lui de la fermer à votre place.

Utilisez le four à micro-ondes de l'entreprise pour réchauffer des plats chargés en ail ou en fromage à raclette.

Servez-vous toujours autant de délicieuses viennoiseries apportées par vos collègues que vous le souhaitez, partager ne vous rassasiera que moins.

Appuyez sur le bouton de demande d'arrêt du bus sans avoir l'intention de descendre.

Demandez à un vendeur Vinted plusieurs photos de son vêtement porté, puis ne lui répondez plus jamais.

Dans votre voisinage, relâchez une colonie de grenouilles dans un jardin avec piscine.

Devinettes

Quelle est la meilleure méthode pour obtenir un corps de rêve ?
Photoshop.

Pourquoi faut-il boire un laxatif quand on a un problème de toux ?
Parce qu'on y réfléchit à deux fois avant de tousser…

Comment se nomme la fée la plus sexy ?
La fée Minine.

Quand peut-on souhaiter que ceux qu'on hait obtiennent tout ce qu'ils veulent ?
Quand on peut exiger que ce soit uniquement par voie rectale !

Pourquoi vit-on plus vieux en n'achetant pas bio ?
C'est grâce aux agents de conservation.

Si l'on voit la vie en rose à 20 ans, comment la voit-on à 70 ans ?
En arthrose…

Pourquoi faut-il toujours se peser avec son chat ?
Cela laisse planer un doute sur lequel des deux a pris du poids…

Quelle différence y a-t-il entre prendre un café chez soi et un café en terrasse à Paris ?
Chez soi, c'est du Carte Noire, et à Paris, c'est du carte bleue !

Comment brûler des centaines de calories en seulement quelques minutes ?
En laissant cramer le plat que l'on a dans le four !

Trop blondes

Deux blondes qui font une balade de fin de journée observent le ciel. Deux autres blondes passent près d'elles et les interpellent :
– Excusez-nous, pouvez-vous nous dire si ce que l'on voit dans le ciel, c'est le Soleil ou bien la Lune ?
– Pardonnez-nous, répondent les deux autres blondes, mais nous ne sommes pas d'ici !

Qu'est qu'une blonde dans un avion ?
C'est une conne de moins sur terre.

Une blonde se confie à une copine :
– J'ai vraiment la poisse !
– Que t'arrive-t-il ?
– À chaque fois que je croise un mec beau, sympa et riche, je suis déjà mariée avec deux enfants !

Une blonde est très en colère :
– C'est la dernière fois que je fais un bonhomme de neige ! dit-elle à sa meilleure amie.
– Ben, pourquoi ?
– Je l'avais installé dans le salon, près de la cheminée. Eh bien… le lendemain, tu me croiras si tu veux, non seulement il était parti, mais en plus, il avait pissé partout !

Une blonde téléphone pour trouver du travail :
– Allô ! Pourrais-je parler à Paul, s'il vous plaît ?
– Paul qui ?
– Paul Emploi.

Comment une blonde qui saisit un texte sur un ordinateur fait-elle pour le passer en italique ?
Elle penche l'ordinateur !

Une blonde entre dans une jardinerie-animalerie et se plaint auprès d'un vendeur :
– Je vous ramène ces graines pour les oiseaux, elles ne sont pas bonnes !
– Comment ça ?
– J'en ai planté plein, pas un seul oiseau n'a poussé !

Blagues à papa

Que fait celui qui se fait voler sa cigarette électronique ?
Il vapoter plainte…

—

Que répond un basketteur à qui l'on reproche d'avoir manqué tous ses *shoots* ?
« Je ne peux panier… »

—

Avec quoi démarre la Batmobile ?
Avec une batterie.

—

Un borgne se promène dans la rue. Alors qu'il s'apprête à traverser, il croise une jolie fille. Il lui fait un clin d'œil… et il meurt écrasé.

—

Comment dit-on « boudin » en anglais ?
It's my sister ! (« C'est ma sœur ! »)

—

Pourquoi les Gaulois ne portaient-ils pas de gants?
Parce qu'ils ne craignaient pas l'air aux mains.

Que doivent faire ceux qui n'ont jamais de bol?
Prendre une tasse!

Quel mets faut-il manger pour mincir?
Un mets gris.

Pourquoi les habitants du Japon voudraient devenir des chevaux?
Parce qu'ils ont déjà poney.

Que donne kayak à l'envers?
Glouglouglou!

Comment se prénomment l'homme et la femme qui ne pensent qu'à se secouer ensemble?
Laurent et Gina.

Les questions cons

Puisqu'il est fatigant de devoir toujours prendre des pincettes avec certains… ne pourrait-on pas plutôt utiliser une pelle ? Ou un marteau ?

———

Pouvoir rester trois semaines dans le noir, sans aucun bruit et que personne ne vienne vous voir… Ne serait-ce pas la belle vie que d'être une pile de linge ?

———

Dark Vador n'aurait-il pas été plus terrifiant s'il avait dit à Luke : « Non, je suis ta belle-mère ! » ?

———

Quand on fait des pâtes pour nos enfants… c'est parce qu'ils les aiment ou parce qu'on n'a pas envie de se faire chier ?

———

Celles qui cachent leur ventre et leurs fesses… c'est un déni de grossesse ou de grosses fesses ?

———

À Noël, les sapins se vendent comme des petits pins ?

Si je broie du noir… suis-je raciste ?

Qu'y a-t-il de plus long : le feu rouge quand on est pressé ou le vendredi après-midi ?

Le plus dur dans la vie est de trouver sa place… au bord de la piscine, ça compte ?

Un compte courant… c'est là où l'argent file à grande allure ?

Si l'amour rend aveugle… pourquoi il ne nous empêche pas de mater des culs ?

Savoir prendre les devants en amour… ça veut dire savoir prendre le derrière ?

Humour noir

Un curé fait l'éloge funèbre d'un homme :
– C'était un bon chrétien. C'était aussi un bon mari et un bon père. Toujours plein d'amour pour ses proches. Il était travailleur, courageux et aimé de tous pour le bien qu'il faisait tout autour de lui. Il…
La veuve se lève d'un bond et court vers le cercueil… Alors qu'elle tente de l'ouvrir, le curé lui demande :
– Mais que faites-vous ?!
– Je vérifie que c'est bien de mon mari dont on parle !

Qu'est-ce qu'un couple de nains sur une plage de Lampedusa ?
Deux mi-grands…

Un bateau de croisière est en train de sombrer. Le capitaine distribue les gilets de sauvetage et fait monter les passagers dans les canots. Alors qu'il ne reste qu'un

canot et seulement quelques personnes à embarquer, le capitaine demande :
– Y a-t-il quelqu'un parmi vous qui croit en Dieu et qui sache prier ?
Un homme lève le doigt…
– Parfait ! fait le capitaine. Il manque une place dans le canot. Restez à bord du navire et… priez !

Une personne en fauteuil roulant en piteux état se rend à Lourdes. Elle prie pour un miracle… La Sainte Vierge entend sa prière : « Marie, faites quelque chose pour moi… Faites que je puisse me déplacer comme avant ! » Et plof ! D'un seul coup, la personne se retrouve avec des pneus neufs !

Un homme qui coupait du bois se tranche les dix doigts des mains. Il court jusqu'à l'hôpital où le chirurgien le reçoit en urgence :
– Vous avez de la chance ! lui explique ce dernier. Je suis un spécialiste des greffes des doigts ! Donnez-moi vos doigts et on commence l'opération immédiatement.
– Mais, docteur, je n'ai pas pu les prendre !

L’abus d’alcool est dangereux pour la santé

Un type entre dans un café en marchant sur les mains…
– Mais qu’est-ce que vous faites ? lui demande le barman.
– Ben… j’ai promis à ma femme que je ne mettrai plus jamais les pieds dans un bistrot !

À trois heures du matin, un type rentre chez lui après avoir bu quelques coups avec des copains, alors qu’il avait promis à sa femme de revenir avant minuit… Il rentre sur la pointe des pieds, se déshabille et va se coucher dans la chambre de son nouveau-né, à même le sol, à côté du berceau. Le lendemain matin, la femme se lève et le découvre. Le mari se réveille, pose un doigt sur sa bouche et dit à sa femme :
– Chuuuuut ! Fais pas de bruit… J’ai eu toutes les peines du monde à le faire dormir cette nuit…
Et sa femme lui répond :
– Ah bon ? Je te signale qu’il a dormi avec moi, dans notre lit !

Au comptoir d'un bar, un type noie son chagrin dans l'alcool. Un habitué des lieux lui demande :
– Pourquoi tu picoles ?
– Ma femme et moi avons eu neuf enfants, mais notre couple bat de l'aile depuis quelques années…
– Ah… Et pourquoi vous ne divorcez pas ?
– Parce que ma femme et moi avions conclu un accord : le premier qui demande le divorce garde tous les enfants !

Un type accoudé au comptoir d'un bar sent que son pantalon est mouillé. Il se tourne vers son voisin de gauche et lui dit :
– Oh ! P'tit con ! C'est toi qu'a renversé ta bière chaude sur moi ?
– Euh… non, pourquoi ?
Le type se tourne alors vers son voisin de droite et dit :
– Alors, c'est toi qu'a renverse ta bière chaude sur moi ?
– Mais non ! C'est pas moi !
– Oh-oooh… fait alors le type après avoir réfléchi un instant.

Au comptoir d'un bar, un type demande à son voisin :
– Vous venez souvent boire ici ?
– Seulement à deux occasions : quand j'ai soif… et quand j'ai pas soif !

Parents épuisés

– Comment vas-tu appeler ta fille ? demande un type à un copain.
– Ancynthe.
– Hein ?
– Oui. Comme ça, quand un mec lui demandera comment elle s'appelle, elle lui répondra « Je suis Ancynthe » et il se cassera !

De quoi protègent les préservatifs ?
Des vergetures, des nuits blanches, des kermesses, d'un monospace…

– Maman… Bientôt, je participerai à la nourriture et à toutes les dépenses de la maison !
– Mais oui, mais oui…
– Ça ne te fait pas plaisir ?
– Mais si, mais si…
– On ne dirait pas… Mais moi, je trouve ça normal, parce que je vais passer beaucoup plus de temps à la maison, maintenant que je vais être à la retraite !

Que disent les pères pour guider leurs enfants dans la vie ?
« Va voir maman. »

– Que fais-tu pour endormir ton fils le soir ? demande une mère de famille à une amie.
– J'utilise les *Fables* de La Fontaine.
– Quelle fable ?
– Tout le livre, un seul coup suffit !

Quand les enfants utilisent le dentifrice pour se laver les dents, qu'est-ce qui ne risque pas d'attraper des caries ?
Le lavabo !

– Dis, maman, est-ce que je peux sortir ce soir ?
– Mon fils, tu as 50 ans, tu n'es même pas censé revenir !

Quel point commun y a-t-il entre être parents et travailler chez BFMTV ?
On répète les mêmes conneries en boucle…

On ne dit pas

On ne dit pas « Elle est faite d'étain et d'or », mais on dit « Elle ne pense qu'à couper la lumière pour s'assoupir ».

On ne dit pas « Compenser », mais on dit « Moi, idiot, réfléchir ».

On ne dit pas « Il a un cerf-volant », mais on dit « Il lui manque une case ».

On ne dit pas « Le sucre vanillé », mais on dit « Le sucre ne reconnaîtra pas sa responsabilité ».

On ne dit pas « Il y a un amandier à cent mètres », mais on dit « Les flics verbalisent un peu plus loin ».

On ne dit pas « Il est à vous, cet escabeau ? », mais on dit « À qui est ce clébard ? ».

On ne dit pas « Il fait des courbettes », mais on dit « Ce prof est nul ».

On ne dit pas « Ils sont décongelés », mais on dit « Les surfeurs des neiges ont froid ».

On ne dit pas « Immatriculé », mais on dit « Il m'a pris trois fois par-derrière ».

On ne dit pas « J'ai un petit coup de mou », mais on dit « Je n'arrive plus à bander ».

On ne dit pas « Je me suis mis sur mon 31 ! », mais on dit « J'ai couché avec une Toulousaine ! ».

On ne dit pas « J'alphabétise », mais on dit « J'ai fait une connerie ».

Les plus courtes sont les meilleures

Un homme entreprend de renouveler sa carte d'identité et se présente en mairie.
– Vous êtes venu avec l'ancienne ? lui demande la personne qui l'accueille.
– Non, elle est restée à la maison, elle prépare le repas.

—

– Si quelqu'un que tu ne connais pas te fait des grands signes de loin, tu y réponds, toi ?
– Ben… non.
– Voilà ! Moi non plus. Et pourtant, j'ai été viré de mon emploi de maître-nageur !

—

Une fille à un gars :
– Tu fais quoi, cet après-midi ?
– Je vais aller m'acheter des lunettes.
– OK. Et après ?
– Après, je verrai bien…

—

– Tu l'as rencontrée comment, ta femme, par hasard ?
– Non, la poisse.

Au milieu d'une conversation, un homme dit à sa femme :
– Tu me fais douter...
– Si tu veux. Tu préfères pas dou café ?

– En ce moment, ça flashe grave sur moi ! dit un type à son pote.
– Combien de nanas ?
– Quatre radars...

Le saviez-vous ?
Cette année, la SNCF va fêter ses 88 ans ! Et ses 50 ans, si on ne compte pas les jours de grève.

– Profite bien de cette magnifique journée, mon fils !
– Merci, papa, mais c'est demain, mon mariage...
– Oui, justement !

Dieu & Co.

Qu'est-ce qu'un dilemme pour un juif?
Une tranche de jambon gratuite.

Un homme pénètre dans un confessionnal :
– Mon père, je dois me confesser…
– Je t'écoute, mon fils.
– Cette nuit, j'ai fait l'amour dix fois à ma femme !
– Vous êtes mariés, il n'y pas de péché à cela.
– Oui, mais dix fois, faut bien que je le dise à quelqu'un !

Un jeune homme et une jeune femme se marient à l'église. À la fin de la cérémonie, le curé va voir le jeune homme et lui dit :
– N'oubliez pas de faire une offrande…
– Ah oui ! fait le jeune marié. Mais… combien faut-il donner ?
– Les gens donnent ce qu'ils veulent. En général, le marié donne en fonction de la beauté de son épouse. Plus elle est belle, plus il donne une somme importante…

Le jeune marié se tourne vers sa femme, la dévisage un court instant, puis plonge sa main dans sa poche et tire une pièce de cinquante centimes qu'il tend au prêtre. L'homme d'Église prend la pièce et dit au marié :
– Ne bougez pas, je vais chercher de quoi vous rendre la monnaie…

Pourquoi les Musulmans mangent-ils de la choucroute ?
Parce qu'elle est halal-sacienne !

Un homme se présente face à saint Pierre, qui lui demande :
– Bonjour, quelle était votre profession ?
– J'étais médecin…
– Ah, très bien ! Prenez la première porte à droite, celle des fournisseurs…

Dieu créa le ciel.
Ensuite, le reste est « *made in China* ».

Trop blondes

Une blonde convie ses amies à son anniversaire. Après qu'elle a soufflé sa bougie sur le gâteau, l'une d'entre elles lui demande :

– Allez, tu peux bien nous dire ton âge !

– Pas question, c'est secret ! J'ai cessé de le dire depuis mes 30 ans !

– Un jour ou l'autre, tu finiras par te trahir involontairement !

– Ça m'étonnerait ! Quand on arrive à garder un tel secret pendant vingt-quatre ans, on peut le garder jusqu'à la mort !

Dans un bar, un homme remarque une blonde assise seule à une table. Il tente une approche :

– Tu veux un verre ? demande l'homme à la jolie fille.

– Oui ! répond la blonde.

Quelques instants plus tard, l'homme revient avec un verre et le pose sur la table, en face de la blonde.

– Tiens !

– Combien je te dois ? demande la blonde.

– Mais non, laisse, c'est pour moi ! fait l'homme.
– Oups ! Désolé, je croyais que c'était pour moi, dit la blonde en repoussant le verre.

Une journaliste interroge une blonde dans la rue :
– Que pensez-vous des violences conjugales ?
– Bah… ça sera bien s'il n'y a pas de règle et qu'on conjuguera comme on voudrons.

Une blonde accouche d'un joli petit garçon.
– Vous voulez couper le cordon ombilical ? demande le chirurgien à la maman.
– Comment ça ?! Il n'a pas la Wi-Fi ?!

Une blonde se présente à la caisse d'une librairie :
– Je vais prendre ces deux livres. Un que je vais lire, et l'autre pas.
– Pourquoi prenez-vous un livre que vous n'avez pas l'intention de lire ? lui demande le libraire.
– Ben… comme ça, j'aurai plus de temps pour lire l'autre !

Monsieur et Madame...

Monsieur et Madame **Antréto** ont un fils. Comment l'appellent-ils ?
Édouard (Elle doit rentrer tôt).

Monsieur et Madame **De Biérofrai** ont un fils. Comment l'appellent-ils ?
Jérémie (J'ai remis deux bières au frais).

Monsieur et Madame **De Tasseur** ont un fils. Comment l'appellent-ils ?
Alex (Ah, l'ex de ta sœur !).

Monsieur et Madame **Delafaite** ont une fille. Comment l'appellent-ils ?
Reine (Reine de la fête).

Monsieur et Madame **Dontoilaba** ont un fils. Comment l'appellent-ils ?
Eddy (Eh, dis donc, toi, là-bas !).

Monsieur et Madame **Dossoul-Sapain** ont une fille. Comment l'appellent-ils ?
Jessica (J'ai six cadeaux sous le sapin).

Monsieur et Madame **Duachiche** ont un fils. Comment l'appellent-ils ?
Yvan (Il vend du haschich).

Monsieur et Madame **Encolunoukoi** ont une fille. Comment l'appellent-ils ?
Julie (Je lui en colle une, ou quoi ?).

Monsieur et Madame **Enkorcékilaipamor** ont une fille. Comment l'appellent-ils ?
Sylvie (S'il vit encore, c'est qu'il est pas mort).

Blagues coquines

Qui fait l'amour à 100 % ?
Celui qui se met sur son 31 pour faire un 69 !

Melon et Melèche découvrent une personne assassinée. Melon remarque les traces de strangulation et Melèche le trou de balle.

Un vieux monsieur atteint de la maladie de Parkinson entre tout tremblotant dans une maison de passe. L'homme demande à la tenancière :
– Je voudrais cinq filles !
– Cinq filles ? N'est-ce pas un peu trop pour votre âge, monsieur ?
– Je veux cinq filles ou rien du tout !
La tenancière fait donc signe à cinq filles d'accompagner le monsieur tremblotant jusqu'à une chambre. Les prostituées l'allongent ensuite sur le lit, le déshabillent très difficilement tellement il tremble, puis le monsieur demande :

– Alors… voilà ce que je veux : toi, tiens-moi le bras gauche ! Toi, tiens-moi le bras droit ! Toi, tiens-moi la jambe gauche ! Toi, tiens-moi la jambe droite ! Et enfin toi, tu me grimpes dessus !
Les filles se plient aux ordres, se mettant chacune à leur poste, et le vieux monsieur dit alors :
– C'est bon, lâchez tout !

– Dis, papa, c'est quoi « tailler une pipe » ? demande un petit garçon à son papa.
– T'as qu'à demander à ta mère !
Le môme revient un moment plus tard et dit à son père :
– Maman a dit qu'elle ne savait pas !
– Je confirme…

Un représentant de commerce en déplacement téléphone chez lui. C'est son petit garçon qui décroche.
– Tu peux me passer maman, s'il te plaît ?
– J'peux pas, elle est au lit…
– Elle est malade ?
– Oui, le monsieur est venu la voir.
– Le docteur est venu ?
– Non, c'est un monsieur qui est malade aussi, il s'est couché avec maman !

La ronde des métiers

Chauffeur routier

Un routier s'arrête sur une aire de repos pour dormir un peu. Un automobiliste frappe à sa vitre et lui demande :

– Pardonnez-moi, vous connaissez la route qui va à Nice ?

Le chauffeur répond et se rendort. Quelques instants plus tard, un autre automobiliste frappe à sa vitre.

– Pardon, vous connaissez la route qui va à Nice ?

Le chauffeur explique de nouveau le trajet. À peine est-il rendormi qu'un troisième automobiliste frappe à sa vitre. Comme le routier est sympa, il explique encore le trajet, puis, sur une feuille de papier, il inscrit : « Je ne connais pas la route qui va à Nice ! » Il colle la feuille sur sa vitre et se rendort paisiblement. Mais quelques minutes après s'être rendormi, un automobiliste frappe encore à sa vitre ! Le routier se réveille et le type dehors lui crie :

– C'est très simple ! Vous n'avez qu'à suivre la N85 et…

Barman

Le client d'un hôtel se rend au bar de l'établissement pour tuer un peu le temps. Il s'installe au comptoir et engage la conversation avec le barman :

– Aux informations, j'ai entendu que Macron veut que…
– Stop ! dit le barman. Ici, nous ne parlons pas politique, c'est un sujet de dispute.
– Bien…
Un moment plus tard, le client dit au barman :
– Vous avez vu le nouveau pape ? Il paraît que…
– Stop ! dit le barman. Ici, on ne parle pas de religion, c'est un sujet de fâcheries.
– Bien…
Quelques instants plus tard, le client tente à nouveau d'engager la conversation :
– Au fait ! Vous avez vu la victoire du PSG contre Marseille ?
– Stop ! ! ! hurle le barman. Ici, on ne parle pas de sport, c'est un sujet qui déclenche les bagarres.
– Bien… Et de quoi peut-on parler dans cet établissement ? On peut parler de sexe ? demande le client.
– Ah oui, ça, on peut… répond le barman.
– D'accord… Alors, va te faire enculer !

Guérisseur
Un malade rend visite à un guérisseur. Ce dernier regarde le patient et fait :
– Bzzzzzt ! Bzzzzzt ! Bzzzzzt ! Vous êtes guéri !
Le patient répond au guérisseur :
– Bzzzzzt ! Bzzzzzt ! Bzzzzzt ! Vous êtes payé !

Idées à la con pour redresser la France

Économies d'énergie
Lorsque la température extérieure est inférieure à celle intérieure du frigo, il est recommandé de couper le chauffage et d'ouvrir le frigo.

Élections présidentielles
Pour réconcilier tous les Français et commencer son quinquennat dans la bonne humeur, le président de la République élu offre une tournée générale ! Champagne pour tous !

Éducation
Dans toutes les classes, afin que les enseignants soient plus attentifs aux mauvais éléments, disposer les élèves de la manière suivante : des plus mauvais devant jusqu'aux meilleurs au fond de la classe. Les places seraient réattribuées à la fin de chaque trimestre, en fonction des résultats de chacun.

Économies d'énergie

Modifier le clignotement des avertisseurs de changement de direction des véhicules. Le temps d'éclairage de l'avertisseur doit être réduit et le temps où il demeure éteint allongé.

Budget de l'État

Réduire les frais de bouche. Remplacer le déjeuner du Président par un copieux petit déjeuner et une légère collation le midi. Interdire les croissants dans l'enceinte de l'Élysée et les remplacer par des chouquettes.

Temps de travail

Organisation gagnant/perdant du temps de travail. Chaque salarié doit pouvoir organiser librement son temps de travail et le répartir du lundi au dimanche aux heures du jour ou de la nuit qui lui conviennent. L'employeur pourrait, quant à lui, verser les salaires dus quand il le souhaite entre le 1er janvier et le 31 décembre de l'année civile n+1.

Atroces et bien dégueues

Au détour d'une rue, deux types tombent sur un chien en train de se lécher les parties...
– Waouh !!! Ce que j'aimerais le faire !
Et le copain répond :
– Oui, moi aussi ! Tu peux lui maintenir la gueule ouverte pour pas qu'il me morde ?

Une nuit, après une soirée en discothèque, une jeune fille ramène un petit copain à la maison. Les deux jeunes tourtereaux marchent sur la pointe des pieds pour ne pas réveiller les parents de la jeune fille. Alors qu'ils montent les escaliers qui mènent à la chambre, le jeune homme demande à voix basse :
– Dis-moi... Où sont les toilettes, s'il te plaît ?
La jeune fille lui répond en murmurant :
– Ne va pas aux toilettes, ça va faire trop de bruit. Tu n'as qu'à faire dans l'évier de la cuisine...
Le jeune homme redescend doucement les marches et se rend dans la cuisine. Cinq minutes plus tard, il appelle discrètement sa copine qui l'attend derrière la porte :

– Pssst! Pssst!
– Quoi? Qu'est qu'il y a? demande la jeune fille.
– T'aurais pas du papier?

À la morgue, l'assistant prépare le corps d'une noyée que les pompiers viennent d'amener.
– Chef! Venez voir!
– Qu'y a-t-il?
– Regardez... la noyée, elle a une crevette à la place du sexe!
Le chef se penche pour vérifier et dit:
– Ce n'est pas une crevette, c'est son clitoris!
– Ah... Je vous assure chef, que ça avait vraiment le goût de la crevette!

Qu'est-ce qui peut bien passer par la tête de quelqu'un qui se jette du dixième étage?
Sa colonne vertébrale!

Un enfant demande à son père:
– Papa! Papa! Je peux m'amuser à coiffer maman?
– Si tu veux... Mais n'oublie pas de remettre la tête dans la poubelle!

Hommes et femmes en blanc

Un homme est hospitalisé dans un état grave. Le docteur vient lui annoncer le résultat de ses examens.

– C'est grave, docteur ?

– Vous avez le sida, la syphilis, la peste et le covid !

– Que pouvez-vous faire ?

– Je vais vous prescrire un régime alimentaire spécial. Crêpes, tranches de jambon, petites pizzas...

– Ça peut me sauver ?

– Non, mais c'est facile à glisser sous la porte...

Un homme consulte son docteur :

– Je ne me sens pas bien... À chaque fois que je me vois dans la glace, c'est une vision d'horreur ! J'ai des poches sous les yeux, un double menton qui apparaît, des poils qui poussent dans les oreilles et le nez, les sourcils qui grandissent, des cheveux blancs, je suis ridé, j'ai le teint blême, les dents qui tombent une à une... Pourtant, je n'ai que 40 ans ! Qu'est-ce que j'ai, docteur ?

– Une très bonne vue !

Un docteur ouvre sa salle d'attente et découvre une personne encore présente.
– Bonjour, vous aviez pris rendez-vous ? lui demande-t-il.
– Non, je ne suis pas venue pour une consultation.
– Ah, mais qu'est-ce que vous faites là ?
– Je suis venue lire les magazines, je voulais savoir ce qu'il s'était passé il y a vingt ans.

Un type entre dans le bureau d'un ophtalmologiste et lance :
– Docteur, je crois que j'ai besoin de lunettes !
Et il s'entend répondre :
– Je n'en doute pas, vous êtes dans une banque…

Pourquoi certains boivent un verre de vin et les autres le reste de la bouteille ?
Parce qu'un verre de vin, c'est bon pour la santé. Mais le reste de la bouteille, c'est bon pour le moral !

Un homme qui se prend pour un coq va consulter un psychiatre. Il lui expose son problème :
– Le souci, dit-il, ce n'est pas vraiment d'être un coq, mais… à chaque fois que je vais acheter des œufs au marché, ça me coûte une fortune en faire-part et en dragées à envoyer à tous mes amis !

Mots d'esprit

« Un pédicure est un spécialiste qui s'occupe des oignons des autres. »

Jean Cazalet

« Dans la moitié des couples d'aujourd'hui, c'est l'homme qui s'occupe des enfants et l'autre homme qui va travailler. »

Jean Yanne

« Comme de toute façon je finirai ma vie dans un trou, autant qu'il y ait du poil autour. »

Frédéric Dard

« Un philosophe est quelqu'un qui répond à des questions que personne ne lui a posées. »

Anonyme

« Quand je regarde la poitrine d'une femme, je vois double. »

Jules Renard

« Quand on me demande d'où vient mon sens de la repartie, je ne sais jamais quoi répondre. »

Laurent Baffie

« Certains croient que le génie est héréditaire ; les autres n'ont pas d'enfants. »

Marcel Achard

« On n'a jamais vu un aveugle dans un camp de nudistes. »

Woody Allen

« Moi, je veux bien soutenir les écologistes, mais à une condition : que les petits oiseaux ne chient plus sur ma voiture… »

Laurent Ruquier

Les hommes les femmes

Quelle est la seule chose en or que les femmes détestent ?
Le silence !

Quel est le point commun entre un homme et une crevette ?
Tout dans la queue, rien dans la tête.

Pourquoi les hommes choisissent-ils toujours des femmes qui pleurent sans raison et qui mettent deux heures à s'habiller ?
Ce n'est pas un choix, il n'y en a pas d'autres !

Combien d'hommes faut-il pour remplacer une ampoule électrique ?
En théorie, un. Mais il faudra patienter et attendre qu'il se lève de son canapé.

Une femme a l'habitude de passer toutes ses soirées pendue au téléphone. Un soir, la conversation ne dure que trente minutes, et son mari s'en étonne :
– Tiens ? Tu raccroches déjà ? Tu t'es disputée ?
– Non, je me suis trompée de numéro…

Comment réduire de cinquante décibels le bruit que fait une voiture quand on roule ?
En supprimant le siège de la passagère !

Pourquoi le sexe masculin est-il ce qu'il y a de plus léger au monde ?
Parce qu'une simple pensée suffit à le soulever.

Les cigognes qui amènent les bébés sont-elles des femelles ou bien des mâles ?
Des mâles, obligatoirement ! Vous avez déjà vu des femmes fermer leur bec plus de cinq minutes ?

Comment les hommes trient-ils leurs chaussettes ?
Les « sales » et les « encore mettables ».

Drôles de couples

Une secrétaire demande une augmentation à son patron. Ce dernier lui répond :
– Je vais jeter cinq cents euros par terre. Si vous arrivez à les ramasser avant que je vous encule, je vous accorde votre augmentation !
– Euh… Je vais réfléchir. Il faut que j'en parle à mon mari.
Le soir, la secrétaire explique la situation à son mari. Ils décident de faire un test. Le mari jette un billet de cinq cents euros au sol et, avant même qu'il n'ait eu le temps de descendre sa braguette, sa femme ramasse l'argent. Ils essayent plusieurs fois et, à chaque fois, la femme est plus rapide. Le lendemain, la secrétaire va donc voir son patron pour accepter le marché. Le soir, elle rentre chez elle avec quelques difficultés à marcher… Son mari lui demande alors :
– Surtout, ne me mens pas… Tu as bien eu ton augmentation ?
– T'as déjà essayé de ramasser cinq cents euros en pièces de dix centimes ?

Une femme se plaint auprès de son mari :
– Il y a trente ans, quand nous nous sommes mariés, j'aimais bien quand tu me caressais le menton…
– Il y a trente ans, tu en avais un !

Un petit garçon se promène avec son papa. Il voit un chien en train de grimper une chienne et interroge son père :
– Qu'est-ce qu'il fait, le chien, papa ?
– Ben… la chienne veut aller se promener et… et le chien la retient pour ne pas la ramener dans sa niche !
– Ah bon ? Alors, heureusement que maman était accrochée au lavabo, hier !
– Pourquoi ?
– Parce que le facteur voulait l'emmener à la Poste !

Une femme à son mari :
– Si j'étais un objet, qu'est-ce que je serais ?
– Une pompe à vélo.
– Ben, pourquoi ?
– Parce que tu gonfles avec tes questions à la con !

Comment emmerder le monde

Nourrissez le chat du voisin avec de la pâtée et des friandises de haute qualité jusqu'à ce qu'il ne veuille plus voir que vous.

Au cinéma, jouez bruyamment avec le papier d'un paquet de bonbons.

À l'occasion des fêtes de fin d'année, achetez une enseigne lumineuse et orientez-la face à la fenêtre de la chambre de vos voisins.

Travaillez dans la spacieuse salle de réunion ou la tranquille salle de repos jusqu'à ce que celle-ci devienne officieusement votre bureau.

Partez toujours cinq minutes après votre collègue et regardez-le partir avec un air réprobateur.

Sur les trottoirs, tentez de passer tantôt à gauche, tantôt à droite des passants pressés afin de les obliger à s'arrêter.

Encouragez vos enfants à jouer dans les parties communes de la copropriété (évidemment que vous savez qu'on est dimanche matin, sinon pourquoi les auriez-vous fait sortir de votre appartement ?).

Garez-vous à cheval sur deux places de parking !

Lors des enterrements, faites comme pour les mariages : jetez les bouquets dans l'assemblée pour savoir qui sera le prochain !

Au bureau, permutez les objets des uns avec ceux des autres : les stylos, les tasses, les dossiers, les outils…

Dans une salle d'attente où règne le silence, faites claquer vos ongles.

Trop blondes

Dans un zoo, une blonde demande à l'amie qui l'accompagne :
– C'est quoi, ça ?
– Des léopards.
– Ah... Et ça ?
– Des girafes.
– Ah... Et ça ?
– Des antilopes.
– Ah... Et qu'est-ce qu'elles ont contre les lopes ?

Un avocat demande à son assistante blonde :
– Que fait tout ce courrier dans votre poubelle ?
– Ça ? Ce sont toutes les enveloppes je n'ai pas pu ouvrir, répond la blonde.
– Et pourquoi ?
– C'est toutes celles où il est inscrit « confidentiel » dessus !

Une blonde se rend au confessionnal et avoue au prêtre :
– Mon père, un homme m'a fait l'amour...

– Était-ce contre votre gré, ma fille ?
– Non, mon père, contre le mur…

Une blonde rend visite à son gynécologue. Tout en lui examinant la poitrine, ce dernier lui demande :
– Vous avez eu des enfants ?
– Oui, un ! répond la blonde.
– Et vous l'avez allaité ?
– Euh… non, je l'ai eu à l'hiver !

Une blonde et ses deux amies brunes se retrouvent dans une auberge à devoir partager la même chambre et le même lit. Alors que les trois femmes sont couchées, une brune éternue violemment et postillonne un peu partout. La blonde lui dit :
– La prochaine fois, préviens !
Dix minutes plus tard, la seconde brune éternue à son tour :
– Franchement, vous êtes toutes les deux mal élevées ! Prévenez !
Un quart d'heure plus tard, la blonde prévient :
– Attention…
Les deux brunes se cachent avec empressement la tête sous les couvertures.
– … je pète !

Les belles-mères

– Qu'est-ce que tu racontes ? Tu sais bien qu'elle est décédée hier !
– Pardon, j'avais oublié…
Dix minutes plus tard, l'homme rappelle :
– Allô, beau-papa ? Vous pouvez me passer belle-maman ?
– Mais voyons ! Elle est morte hier !
– Pardon, j'avais oublié…
Dix minutes plus tard, l'homme rappelle :
– Allô, beau-papa ? Vous pouvez me passer belle-maman ?
– Mais ?! Qu'est-ce ? Ça va pas, ou quoi ? Elle est morte ! Morte !
– Pardon, pardon…
Dix minutes plus tard…
– Allô, beau-papa ? Vous pouvez me passer belle-maman ?
– Arrête un peu, maintenant ! Je te dis qu'elle est morte ! T'as pas compris, ou quoi ?
– Si, mais je ne me lasse pas d'entendre la nouvelle !

Un couple se dispute :
– Tu as quand même choisi la musique des *Dents de la mer* comme sonnerie quand c'est ma mère qui t'appelle !
– Et alors ? Pour la mienne, tu as bien mis celle de *L'Exorciste* ?!

Un homme achète une vieille lampe dans une brocante. Une fois chez lui, il commence à l'astiquer lorsque, soudain, un génie en sort...
– Bonjour, je suis le génie de la lampe ! Tu as le droit de faire deux vœux !
– Deux vœux ? Habituellement, c'est trois...
– Peut-être, mais en général, au troisième vœu, vous vous faites toujours avoir, alors...
– D'accord, deux vœux !
– Seulement, il y a une condition... Pour chacun de tes vœux, la personne de ton choix obtiendra le double de ton vœu !
– Bon... alors, je choisis ma belle-mère et mon premier vœu est que mon compte en banque soit crédité de dix millions d'euros !
– Très bien. Je crédite ton compte de dix millions d'euros et celui de ta belle-mère de vingt millions. Quel est ton deuxième vœu ?
– Mon deuxième vœu... Je crois savoir que ma femme héritera de sa mère, alors... je souhaite que tu t'en ailles et que tu me laisses ici à demi-mort !

Les dragueurs

Lors d'un *speed dating*…
– Moi, ce que j'aime avant tout, ce sont les animaux ! révèle une fille à son prétendant. Et toi ?
– Je les adore ! Je ne pourrais pas vivre sans !
– Comme moi ! Ça nous fait un très gros point de compatibilité. Tu fais quoi dans la vie ?
– Je suis boucher.

Un gars drague lourdement une fille, qui l'envoie balader :
– Tu perds ton temps avec moi, je suis contre les coups d'un soir !
– OK. Et sinon, dans l'après-midi, y a une possibilité ?

Une fille à un gars qui la drague :
– Ça fait même pas cinq minutes que tu me parles et je suis déjà toute mouillée…
– Je t'excite ?
– Non, tu postillonnes !

Lors d'un *speed dating*, une femme demande à un mec :
– Tu recherches quoi ?
– J'en cherche une qui pompe bien, mais qui n'avale pas.
– Pardon ? !
– Bah ouais ! C'est pour siphonner du gasoil…

Un gars à une fille :
– Tu sais que, si je veux, je pourrais te déshabiller avec seulement sept mots ?
– Ah oui ? Ha, ha ! J'aimerais bien voir ça !
– Une araignée est tombée dans ton décolleté…

Un gars avoue à une femme qu'elle lui plaît.
– Je ne sais pas comment te le dire, mais j'aimerais qu'il y ait quelque chose entre nous…
– Genre quoi ?
– Ben… quelque chose entre nous… Que l'on construise quelque chose ensemble !
– Moi aussi !
– C'est vrai ? Et quoi ?
– Un mur !

Les questions cons

Pourquoi plus je décide de rester positif dans la vie, plus mon compte en banque ne veut pas en faire autant ?

Les gens qui disent qu'ils ne sont pas photogéniques… n'est-ce pas juste parce qu'ils sont moches ?

Se peser… Mais comment peut-on faire confiance à une balance ?

Puisqu'être « copains », c'est partager le pain… les alcooliques n'ont-ils que des covins ?

S'il ne manque aux chiens que la parole… il ne manque aux cons que la muselière ?

Si la vie est bien faite... pourquoi n'avons-nous que deux mains pour autant de baffes à donner?

Celui qui est gentil le 25 décembre, festif le 1er janvier, amoureux le 14 février, féministe le 8 mars, travailleur le 1er mai... le 11 novembre, il est mort?

Les travailleurs de chez Heineken... on ne leur met pas trop la pression?

Sigmund Freud sous la douche... il chantait ou il fredonnait?

Comment la sauce tomate fait-elle pour savoir que l'on porte un tee-shirt blanc?

Si ce sont toujours les meilleurs qui partent en premier... qu'est-ce qu'on fait encore là?

Devinettes

Quel point commun y a-t-il entre un faux-cul et un répondeur ?
Ça parle quand on n'est pas là !

Quand le cerveau s'arrête-t-il de fonctionner ?
Lorsqu'on tombe amoureux...

Que faudrait-il boire tous les matins pour partir travailler en chantant ?
La même chose que les sept nains !

Quelle différence y a-t-il entre entendre un bruit dans la nuit quand on a 5 ans et quand on a 55 ans ?
À 5 ans, c'est un monstre, à 55 ans, c'est ton genou.

Que faire quand on a trop d'avance sur les autres ?
Prendre un train de la SNCF.

Qu'est-ce qu'il n'y a pas dans le mot « sécheresse » ?
Il n'y a pas d' « O ».

Quelle différence y a-t-il entre le téléphone avant et maintenant ?
Avant, on avait un téléphone fixe, maintenant, on fixe le téléphone.

Qu'est-ce qui appartient à ceux qui se lèvent tôt ?
La dernière dosette de café !

Quel avantage y a-t-il à ne vivre que d'imprévus ?
C'est beaucoup moins long à organiser !

Que font les profs de maths aux toilettes ?
Ils font π π.

C'est la crise !

Pourquoi les riches souffrent-ils plus de l'augmentation du prix de l'essence ?
Parce qu'un hélicoptère consomme plus qu'une Twingo !

Pourquoi Emmanuel Macron se fiche-t-il de ne pas avoir la majorité à l'Assemblée ?
Parce qu'il ne l'avait déjà pas lorsqu'il a rencontré sa femme.

Que propose Poutine pour lutter contre le réchauffement de la planète ?
Un retour à la guerre froide !

Deux militants écologistes adeptes du végétalisme discutent :
– J'ai vu un reportage à la télé, hier, sur les élevages de poulets…
– Ne m'en parle pas ! Ça devait être ignoble !

– Oui. Quand ils découpent un poulet, le bout des ailes part en Afrique, la carcasse en Chine, les filets au Canada, les cuisses en Allemagne…
– Pffff! Et le trou du cul?
– Toujours à Matignon…

Quelle différence y a-t-il entre le poids et l'argent?
Le poids est facile à gagner et dur à perdre, l'argent, c'est tout l'inverse.

Tous les jours, un homme se présente devant le palais de l'Élysée et demande aux vigiles:
– Bonjour, je viens voir le président Emmanuel Macron.
Et tous les jours, les vigiles lui répondent invariablement:
– Le président Macron n'est plus en fonction, il a déménagé.
– Il n'est plus en fonction?
– Non, il n'est plus président de la République.
Un jour, pourtant, un vigile finit par demander à l'inconnu:
– Monsieur, pourquoi demandez-vous tous les jours à voir Emmanuel Macron alors qu'il n'est plus ici? Avez-vous bien compris qu'il n'était plus président?
– Oui, bien sûr, mais ça fait tellement plaisir de l'entendre!

Blagues à Toto

Toto rentre énervé de l'école :
– J'en ai marre, ça sert à rien que j'aille à l'école ! J'y vais plus !
– Mais pourquoi donc ? demande sa maman.
– Ben… on n'apprend que des choses que je ne sais pas !

La maîtresse à Toto :
– Peux-tu me faire une phrase en employant les mots « le reste » ?
– Euh… Hier, j'ai mangé une pizza !
– Mais où est « le reste » ?
– Ben… il est dans le frigo !

Toto demande a sa maman :
– Est-ce que ça fait mal, une balance ?
– Le pèse-personne ? Bien sur que non ! lui répond-elle.
– Alors pourquoi tu hurles toujours quand tu montes dessus ?

La maman de Toto le réveille pour qu'il se lève et se prépare pour l'école. Encore tout endormi, il s'habille mais enfile les vêtements de sa sœur ! Il se dirige ensuite vers la salle de bains, s'aperçoit dans le miroir et s'écrie :
– Mince ! Maman s'est trompée, elle a réveillé ma sœur !
Et il repart se coucher...

Toto demande à sa maman :
– Pourquoi papa n'a presque plus de cheveux ?
– Parce qu'il réfléchit beaucoup.
– Ah... Et toi, pourquoi tu en as beaucoup ?

Toto revient de l'école et sa maman lui demande :
– As-tu bien expliqué à la maîtresse pourquoi tu as été absent pendant deux jours ?
– Oui.
– Tu lui as bien dit que nous sommes allés à Lyon aider ma sœur qui vient d'accoucher de jumelles ?
– J'ai dit qu'elle avait eu une fille.
– Tu pouvais dire que c'étaient des jumelles !
– Non, je garde l'autre pour la semaine prochaine !

Je suis c'est comme

Je bois du noir. C'est comme broie du noir, mais ça me fait picoler.

———

Je suis bon à bien. C'est comme bon à rien, mais tout le monde m'aime bien.

———

Je suis boisson. C'est comme poissons, mais je bois tellement…

———

Je préfère ne pas m'affâcher. C'est comme ne pas s'attacher, parce que ça finit toujours en disputes.

———

Je n'aime pas me déshabiller en public, je suis très puduque. C'est comme pudique, mais c'est parce que je ne sens pas bon…

———

J’ai un corps d’abhlète ! C’est presque comme un corps d’athlète, mais plus proche de l’ablette, quand même…

Je suis un blandeur. Suis autant glandeur que branleur.

Je lui ai fait le coup de la pine. C’est comme le coup de la panne, l’objectif reste le même.

Je suis sentimenteur. C’est comme sentimental, mais c’est pas vrai.

Je suis souple. C’est comme être en couple ou en trouple, mais je suis seul…

Je suis en réufion. C’est comme être en réunion, mais qu’avec des trous du cul !

Je me suis fait claquer. C’est comme plaquer, mais ça m’a foutu un sacré coup !

Dieu & Co.

Un juif téléphone à sa mère :
– Allô, maman ?
– Oui, c'est toi, mon fils ?
– Oui, comment tu vas, maman ?
– Pas très bien, mon fils…
– Qu'est-ce qu'il y a, tu es malade ? Dis-moi, maman !
– Je suis faible, je ne mange plus…
– Quoi ?! Tu ne manges plus ? Mais il faut manger, maman !
– Je n'ai pas mangé depuis quatre jours !
– Quatre jours sans manger, ça ne va pas, ça ! Pourquoi tu n'as pas mangé depuis quatre jours, maman ?
– Pourquoi ? Tu me demandes pourquoi ? Si je n'ai pas mangé depuis quatre jours, mon fils… c'est parce que je ne voulais pas avoir la bouche pleine la prochaine fois que tu déciderais d'appeler ta mère au téléphone !!!

Un jour, Dieu ordonna à Katy de mourir et Katy Perry !

Qu'est-ce qu'un génie ?
Un bon étudiant dont la mère est juive.

Le car d'un groupe de religieuses en excursion repart après avoir fait une halte au restaurant. Le car étant vraiment très bruyant, deux religieuses se font des gestes pour discuter. La première fait signe que la banane qu'elle a mangée était très bonne. L'autre lui répond, toujours en faisant des gestes, que les abricots aussi étaient très bons. La mère supérieure s'intéresse alors à la conversation et hurle :
– Le père qui ? !

Une superbe femme d'un mètre quatre-vingt, mannequin de profession, blonde avec une forte poitrine, uniquement vêtue d'une robe blanche transparente, décolletée et ultra courte, entre précipitamment dans une église. Elle court voir le curé et lui dit :
– Vite, monsieur le curé ! Oh oui, vite ! Faites-moi l'amour, je vous en supplie ! J'ai trop envie de vous ! Faites-moi l'amour, vite !
Le curé sent le désir monter en lui et panique. Il se retourne vers le Christ et dit :
– Oh Seigneur ! Que dois-je faire ?
Et Jésus lui répond :
– Mais vite, connaaaard ! Détache-moiiii ! ! !

Trop blondes

Pourquoi les blondes sortent-elles le samedi soir sans culotte ?
Parce que pour elles, ce serait aussi bête que d'aller au cinéma avec des lunettes noires !

Pourquoi ratisser les feuilles est-il dangereux pour les blondes ?
Parce qu'elles risquent de tomber de l'arbre !

Une brune annonce à une blonde :
– Bientôt le grand jour, nous allons baptiser notre fille samedi !
– Samedi ? Drôle de prénom…

Une brune annonce à sa copine blonde :
– Ça y est, il a enfin demandé ma main !
– Ah ? Et tu as accepté ?

– Oh oui !
– Et… il va la mettre où ?

Une blonde confesse ses péchés à un prêtre :
– Pardonnez-moi, mon père, mais depuis quelque temps, à chaque fois que je prends ma douche ou un bain, je pense à des choses érotiques et je ne peux pas m'empêcher de me caresser…
Le prêtre la sermonne :
– Mademoiselle, essayez de penser un peu à l'au-delà !
– Bof… fait la blonde, que l'eau soit d'ici ou d'ailleurs…

Pourquoi les blondes ont-elles toujours une main sur la hanche ?
Vous avez déjà vu une cruche sans anse ?

Une blonde se promène dans la rue avec un sein à l'air. Elle croise un policier qui l'interpelle :
– Mademoiselle ! Vous avez un sein à l'air ! Ce n'est pas une tenue pour se promener !
– Oups ! J'ai oublié mon bébé dans le bus !

Comment se débarasser des cons

Le cadeau anti-cons
Offrez-lui un week-end en Camargue. Habillez-le de rouge et larguez-le au milieu d'un pré de taureaux.

La méthode légale
Militez pour qu'une loi sur la connerie soit votée. En cas de délit, les peines encourues pourraient être les suivantes :

- remplacer le cochonnet dans les parties de pétanque ;
- servir d'appât pour la chasse aux requins ;
- remplacer un animal de laboratoire ;
- se substituer à un taureau dans une corrida ;
- le don d'organes de son vivant.

Se débarrasser définitivement d'un con
Dites à votre mère qu'il vous emmerde et à votre belle-mère que c'est votre meilleur copain : elles vont lui pourrir la vie !

Les parasites

Certains invités se sentent chez vous comme chez eux. Ils ne voient pas l'heure tourner et se foutent royalement du fait que vous devez vous lever à 6 heures afin d'aller bosser. Pour les pousser vers la sortie, avant qu'ils ne squattent définitivement et que, l'hiver approchant, vous ne puissiez plus les expulser, débarrassez la table et installez-y votre bol de déjeuner !

Se débarrasser d'un démarcheur téléphonique

– Monsieur Martin ? Je suis Michel de la société Énergie Verte Renouvelable en partenariat avec EDF. Je vois que vous êtes propriétaire d'une maison et que vous n'avez pas de panneaux solaires…

– Je ne consomme pas d'électricité, je n'allume jamais la lumière.

– Vous n'allumez jamais la lumière ?

– Non, je suis non-voyant.

– Ah… Mais vous avez tout de même des appareils électriques branchés aux prises !

– Pour le moment, je n'ai trouvé que la prise du téléphone. Je vous ai dit que j'étais non-voyant !

God bless America

Donald Trump, Vladimir Poutine et le président iranien Massoud Pezechkian meurent et arrivent en enfer. Comme ce sont des personnages importants, Lucifer donne à chacun la possibilité de choisir ce à quoi ils seront condamnés à perpétuité.

Lucifer ouvre une porte derrière laquelle le président iranien est enchaîné. Des femmes nues lui épilent les cheveux et les poils de la barbe un par un, pendant que des haut-parleurs diffusent l'hymne national américain. Le président iranien hurle de douleur et ses oreilles saignent.

– Ce supplice te convient-il ? demande Lucifer à Trump.

– *No !*

Lucifer ouvre une autre porte derrière laquelle Hillary Clinton fait une gâterie à Vladimir Poutine.

– Ce supplice te convient-il ? demande Lucifer à Trump.

– *Yes !*

– OK… Hillary, laisse ta place à Donald Trump !

Donald Trump vient d'être enlevé par le président iranien, Massoud Pezechkian. Il est aspergé d'essence

et ligoté sur un puits de pétrole. L'image du président otage est diffusée dans le monde entier. L'Iran menace d'immoler le président et demande à la population mondiale de payer sa rançon. Très vite, le courrier arrive du monde entier, les fidèles s'organisent et dépouillent les lettres. Après deux jours de dépouillement, le président iranien demande :
– Alors ? Combien on a, pour le moment ?
– Un peu plus de 158 millions.
– De dollars ?
– Non, de briquets…

Quel point commun y a-t-il entre Donald Trump et Louis XVI ?
Ils ont tous les deux perdu la tête.

Donald Trump et Elon Musk font des messes basses. Emmanuel Macron arrive et leur demande :
– Qu'est-ce que vous préparez encore comme connerie ?
– On cherche comment expulser plusieurs millions d'immigrés et un informaticien ! répond Trump.
– Pourquoi un informaticien ? demande Macron.
– Tu vois ! dit Musk à Trump, je t'avais bien dit que personne ne poserait la question pour les millions d'immigrés !

La ronde des métiers

Chef de cuisine

Au restaurant, un homme se plaint auprès du serveur :

– Garçon ! C'est inadmissible : il y a une mouche qui nage dans mon assiette !

– Oh… Veuillez nous pardonner, monsieur. Le chef a dû mettre trop de potage. Habituellement, elles ont pied !

Juge

– Reconnaissez-vous l'avoir tué en le poussant par la fenêtre ? demande le juge à l'accusé.

– Il est mort de cause naturelle !

– En le jetant par la fenêtre depuis le troisième étage ?

– La gravité est naturelle…

Paysan

Comme chaque matin, un paysan qui n'a qu'une seule vache amène le lait qu'il a tiré à la coopérative laitière.

– Comment faites-vous pour avoir autant de lait avec une seule vache ? lui demande le gérant de la coopérative.
– Ah, ça ! J'ai un truc !
– Dites-moi ! Avec une seule vache, vous produisez autant de lait qu'un troupeau de dix bêtes !
– J'ai un truc… fait le paysan.
– Si cela consiste à faire ingurgiter des produits illicites à votre vache pour qu'elle produise plus, je suis en droit de le savoir ! La qualité du lait que nous commercialisons doit être irréprochable !
– Bon… vous me promettez de ne pas le répéter ?
– C'est promis !
– Ben voilà… Tous les jours, je vais voir ma vache et je lui demande : « Qu'est-ce que tu me donnes, ce matin ? Du lait ou du steak ? »

Hôtesse de l'air

Dans un avion long-courrier low cost, l'hôtesse demande à un passager :
– Thé ou café ?
– Café.
– Perdu, c'est du thé.

Humour noir

Un type en croise un autre devant un bar, allongé sur le trottoir et complètement bourré.

– Eh bien, mon gars, tu tiens une sacrée cuite ! Tu peux te lever ?

– Aaah ! Que c'est quoi ? Tu dis ?

– Bon, j'ai compris, je vais t'aider…

Le type soulève le gars, le met sur ses jambes, mais l'ivrogne s'affale de nouveau sur le trottoir. Le type regarde dans son portefeuille l'adresse du gars et décide de le ramener chez lui. Comme il est incapable de marcher, son sauveur doit le porter sur son dos. Arrivé, il prend ses clefs, ouvre sa porte et le couche sur le canapé.

Le lendemain matin, le téléphone sonne chez l'ivrogne. Sa femme se lève et répond au téléphone en même temps qu'elle découvre son mari affalé sur le canapé. Elle raccroche, puis le secoue pour le réveiller :

– Espèce de poivrot ! Tu t'es encore saoulé, cette nuit !

– Euh… non, non ! C'est pas vrai ! balbutie le type tout en se réveillant.

– Tu te fous de moi ? Le bar vient d'appeler, tu as oublié ton fauteuil roulant !

Que faire après avoir serré la main à un lépreux ?
Il faut la lui rendre !

Quand Cendrillon est-elle morte ?
Le jour où son tampon s'est transformé en citrouille.

Une femme se confesse :
– Mon père, pardonnez-moi parce que j'ai péché…
– Que vous reprochez-vous, ma fille ? demande le prêtre.
– Hier soir, mon mari et moi, nous nous sommes disputés comme jamais auparavant…
– Ma fille, vous vous êtes unis pour le meilleur et pour le pire. Une vie de couple est parsemée d'épreuves qu'il vous faut affronter… Tout cela est normal, ma fille.
– Oui… je comprends. Mais maintenant, qu'est-ce que je fais du corps ?

Épitaphe
Ci-gît,
Nécologue.
A touché le fond du trou.

Perles des campeurs

«L'eau chaude est à volonté?»

«Ça fait une semaine que nous sommes là et qu'il n'y a toujours pas de papier aux toilettes!»

«Vous prenez combien pour monter les tentes?»

«J'ai cherché le numéro de la douche correspondant à mon numéro d'emplacement, je n'ai pas trouvé... Vous pouvez me dire où se trouve ma douche?»

«Je vous signale que je quitte mon emplacement pour faire tente commune avec l'emplacement 273...»

« On se couche tous les soirs à 20 heures. Vous seriez bien aimable de demander aux autres campeurs d'arrêter de faire du bruit, parce que c'est impossible de dormir ! »

« L'emplacement 127 ? D'accord. Ils sont comment, les voisins ? »

« Si vous aviez un emplacement le plus proche possible de la laverie et des poubelles, pour ma femme qui gueule tout le temps que c'est trop loin… »

– On a fait vingt kilomètres pour arriver jusqu'à la plage ! Et vous écrivez : « Camping proche de la plage » !
– Vous avez dû faire quelques détours ou partir dans le mauvais sens, la plage est à trois cents mètres…

« On sort ce soir ! On a laissé les enfants dans la caravane… Si vous pouviez, de temps en temps, aller surveiller aux alentours, on ne sait jamais ce qui peut se passer ! »

Blagues coquines

Une femme se fait aborder par un sourd et muet. Il parle la langue des signes et finit par la séduire. Il la ramène chez lui et, pendant qu'elle se déshabille, il continue à parler avec ses mains. La femme l'interrompt :
– Cesse de parler avant de faire l'amour ! Introduis tes doigts, tu parleras pendant…

Un homme rentre du travail et trouve sa femme en train de nettoyer le sol, à quatre pattes dans la cuisine. Elle est nue et ne porte qu'un petit tablier de soubrette… Sans faire de bruit, le mari s'approche de sa femme, baisse sa braguette et la prend par-derrière ! Lorsqu'il a terminé son affaire, il se retire et part bouder dans une pièce voisine. Sa femme l'y rejoint un instant plus tard et s'offusque :
– Quoi ?! Je réalise ton fantasme en t'attendant nue à quatre pattes dans la cuisine, et toi, pour me remercier, tu pars faire la tronche ?
– Oui ! Tu aurais pu te retourner pour voir qui c'était !

Melon et Melèche mangent des fruits.
Melon mange la pomme, et Melèche l'abricot et la figue.

Un couple marié depuis près de quinze ans s'apprête à faire l'amour dans sa chambre à coucher. Le couple n'a jamais fait l'amour que dans le noir mais, pour la première fois, la femme allume la lumière juste au moment où son mari se prépare à la pénétrer... Et là, stupeur ! Son mari tient à la main un gros concombre !
– Quoi ?! hurle la femme. C'est pour ça que tu n'as jamais voulu que l'on fasse l'amour avec la lumière ! Depuis quinze ans, tu utilises un concombre ? Aurais-tu honte de la taille de ton sexe ?
– Euh... Eh bien... fait l'homme, tout penaud.
– J'espère que tu as une bonne explication ! dit sa femme.
Le mari la regarde alors et lui dit :
– Je t'expliquerai le concombre dès que tu m'auras expliqué le mystère de nos trois enfants...

Comment appelle-t-on une femme capable de vider une orange de son jus uniquement à l'aide d'une paille plantée dedans ?
« Mon amour » ...

Perles de parents d'élèves

« Mon fils ne pourra pas venir, il a le rhume des fions. »

———

« Comment ça, ma fille n'est pas bonne ? Tous ses copains lui disent qu'elle est bonne ! »

———

« Je ne vois pas pourquoi ma fille ne montrerait pas son nombril, puisque c'est la mode. D'ailleurs, il n'y a pas de honte, c'est par là qu'elle est née. »

———

« L'excuse de mon fils est parfaitement valable, puisque je l'excuse de ne pas être venu ! »

———

« Les écoles pourraient peut-être afficher le programme scolaire à l'entrée ? Comme ça, on pourrait choisir l'école en fonction du programme ! »

———

« Ma fille est tombée enceinte. C'était après le jour où vous l'aviez prise dans votre bureau. »

« Vous dites que c'est Balzac qui a écrit ça et que c'est mon fils qui a copié, mais qu'en savez-vous ? Ça pourrait aussi être l'inverse ! Non ? »

« Il redouble… Ça veut dire qu'il redescend d'une classe ? »

« Mon fils a de trop mauvaises notes… Je ne voudrais pas qu'il finisse prof ou un truc comme ça… »

« Combien vaut ma fille ? »

« Mon fils affirme que vous n'êtes pas son professeur. Qui dois-je croire ? »

Les copains, les copines

– C'est quoi les mensurations idéales ? demande une fille à une copine.
– Ben… certains disent 60-90-60, lui répond-elle.
– Alors je comprends mieux. Un mec m'a dit que je faisais du 60-90-60-90-60-90-60-90-60-90 ! Mais en fait, ça veut dire quoi ?
– Que tu as des bourrelets…

Un type se confie à un ami :
– Ma femme me surveille en permanence, elle saisit mon salaire et gère mes dépenses, m'interdit de sortir sauf pour aller travailler, et parfois même, elle me frappe ! Je ne sais pas quoi faire…
– Tu dois rester avec elle.
– Tu crois ? Mais pourquoi ?
– Pour ne pas mettre d'autres hommes en danger !

– J'aimerais devenir champion d'échecs ! déclare un gars à un copain.
– Tu l'es déjà, regarde ta vie…

– Ma femme me fait la gueule depuis Noël ! confie un gars à un pote.
– Pourquoi ?
– L'année dernière, je lui avais offert des fleurs et des chocolats. Elle m'avait fait une scène en disant qu'elle en avait marre de n'avoir que des cadeaux éphémères et que, la prochaine fois, elle aimerait un cadeau qui lui dure au moins un an !
– Ah d'accord… Et donc, tu lui as offert quoi ?
– Un calendrier…

Un bègue dit à son copain boiteux :
– J'ai… J'ai… J'ai un… un… un truc… po… po… pour pas que… que… que tu b… que tu b… boî… boîtes !
– Ah bon ?
– Oooui. Faut… faut… que… faut que tu… mmm… mmm… mettes un p… un pied… sssssssur… le tro… sur le tro… sur le tro… trottoir et… et… et… et l'autre dddd… ddddd… dans le… dans le… ca… dans le ca… caniveau !
– Ah oui ? Et moi, j'ai un truc pour que tu ne bégayes plus !
– A… A… Ah bon ?
– Ferme ta gueule !

Dictons à la con

« Trou du cul poilu, trou du cul perdu. »

« Il n'y a jamais loin de la croupe aux lèvres. »

« On ne fait pas d'aveugles sans casser des yeux. »

« Rien n'empêche Melba. »

« Qui tire la chasse, laisse sa place. »

« Ce que femme veut, sauve qui peut ! »

« Chacun son dentier,
les vaches seront bien mangées. »

« Mieux vaut être seul que le con mal peigné. »

« Moule touffue, soirée foutue ! »

« Ne fais pas aux truies ce que tu ne voudrais pas que l'on te fasse. »

« L'occasion fait le dard long. »

« Qui se masturbe face au vent a le nombril gluant. »

« Les petits puceaux font les grandes rivières. »

« L'oraison du plus fort est toujours la meilleure. »

« Quand on ne peut plus enculer,
il faut savoir sauter. »

Drôles de couples

Un couple se dispute…
– Marre que tu me fasses la gueule !
– Je fais la gueule que quand j'ai faim.
– Tu fais tout le temps la gueule !
– J'ai tout le temps faim…

Une femme à son mari :
– Tu ne m'as rien dit pour ma robe… Tu la trouves jolie ?
– Tu veux que je sois franc ou gentil ?

Un jeune père arrive à la maternité où sa femme vient d'accoucher. Il entre dans la chambre et se penche, ému, au-dessus du berceau… Stupeur ! L'enfant est noir. Furieux, le père se tourne vers sa femme, qui lui lance :
– Tu vois, avec ta sale manie de toujours vouloir baiser dans le noir…

Un couple vient juste de se marier. La fête s'est déroulée à merveille et il est maintenant l'heure de rejoindre la chambre nuptiale. Ils sont enfin tous les deux seuls. Le mari dit à sa femme :
– Regarde, j'ai mis de côté une bouteille de champagne. On va pouvoir continuer la fête tous les deux !
La mariée lui répond :
– Non merci, pas pour moi. Le docteur m'a dit d'éviter l'alcool avec les somnifères…

Un mari annonce à sa femme :
– Bientôt, tu n'auras plus besoin de te tracasser pour faire la vaisselle !
– Oh ! Tu vas enfin m'acheter un lave-vaisselle ?
– Non, mieux que ça…
– Tu vas m'offrir les services d'une bonne !
– Non, mieux que ça…
– Je ne vois pas. Dis-moi !
– Je vais t'acheter une montre étanche.

– Chérie, tu ne trouves pas que je suis en pleine forme ?
– Si, en forme de patate…

Trop blondes

Quelle différence y a-t-il entre une blonde et un ordinateur ?
Dans un ordinateur, on n'entre les informations qu'une seule fois !

Une blonde et son petit ami se rendent dans une fête foraine. Le petit copain jaloux dit à sa blonde :
– Je vais faire du tir à la carabine. Pendant ce temps, je t'interdis de monter sur la grande roue !
– Ben, pourquoi ? demande la blonde.
– Parce que les cabines sont transparentes et que tout le monde verrait ta petite culotte !
Le garçon s'échappe donc pour faire du casse-pipe. Lorsqu'il a terminé, il se retourne et ne trouve pas sa copine… Il remarque un attroupement de personnes au pied de la grande roue. Il s'approche, lève les yeux au ciel et voit sa copine sur la grande roue ! À son passage, il hurle dans sa direction :
– Qu'est-ce que je t'avais dit ?!

La blonde sort un morceau de tissu de son sac et l'agite en disant :
– T'inquiète pas ! J'ai mis ma petite culotte dans mon sac à main !

Qu'est-ce qu'une fille aux cheveux châtains ?
Une blonde en voie de guérison.

Que fait une blonde à quatre pattes dans un supermarché ?
Elle cherche les prix bas !

Une femme est en attente d'une greffe de cerveau. Le docteur la prépare à l'intervention :
– Si vous aviez le choix entre le cerveau d'une brune et celui d'une blonde, lequel choisiriez-vous ?
La patiente réfléchit un court instant et dit :
– Celui de la blonde !
– Ah ? Et pourquoi ? s'étonne le docteur.
– Parce qu'il n'a jamais servi !

Devinettes

Quel est le plus rapide: le son, la lumière ou la diarrhée?
La diarrhée, parce qu'après avoir entendu son pet, le temps qu'on allume la lumière, elle est déjà là.

Que ne faut-il pas faire quand on voit des toilettes dans ses rêves?
Les utiliser!

Quel point commun y a-t-il entre la vie et une coiffeuse?
Tu lui dis ce qu'elle veut et elle fait ce qu'elle veut.

Pourquoi l'amour n'est-il pas plus fort que la mort?
Parce que la Toussaint est un jour férié et pas la Saint-Valentin!

Pourquoi les pyramides se trouvent-elles en Égypte ?
Parce qu'elles sont trop lourdes pour être déplacées dans un musée.

Quelle différence y a-t-il entre une agente immobilière et une prostituée ?
L'une travaille chez Laforêt et l'autre dans la forêt…

Comment se nomme la fée qui pue ?
La fée Tide.

Quel point commun y a-t-il entre la téléréalité et la coloscopie ?
Ça filme les trous du cul.

Qui aime manger les chattes ?
Alf !

Pourquoi les œufs se vendent-ils par six ?
Parce que les poules ne travaillent pas le dimanche.

Idées à la con pour redresser la France

Santé

Afin d'inciter chacun à avoir une activité physique régulière, les ascenseurs, escaliers et tapis roulants ne devraient fonctionner qu'un jour sur deux.

—

Santé

Pour inciter les gens à donner leur sang, un week-end sur deux, l'alcool serait exonéré de TVA pour tous les donneurs de sang. Soit un litre d'alcool acheté exonéré de TVA pour cinquante centilitres de sang donné, ou un verre d'alcool exonéré de TVA consommé pour une seringue de sang donné. Les prélèvements seraient effectués par les commerçants.

—

Gouverner autrement

Pour plus de transparence dans les affaires de l'État, remplacer tous les murs et parois de l'Élysée, de Matignon et des ministères par des baies vitrées.

—

Droit de grève

Lorsque le personnel de la SNCF souhaite exercer son droit de grève, la circulation ferroviaire devra être intégralement maintenue. Seuls les usagers solidaires des grévistes pourraient alors soutenir le mouvement social en n'empruntant pas ces transports.

Nouvelles technologies et réinsertion sociale et professionnelle

Étendre le réseau Wi-Fi gratuit en proposant aux sans-abris, et contre rémunération, le port d'une borne relais.

Vivre-ensemble

Organisation d'un référendum national pour décider si l'on doit dire « pain au chocolat » ou bien « chocolatine ».

Sport

Ne jamais réautoriser les Russes à participer aux jeux Olympiques. Il a été démontré que l'on gagnait plus sans eux. Exclure aussi définitivement les Chinois.

Nos chers collègues

Un homme d'affaires vient de se suicider. La police interroge son assistante.

– Quelle était la nature de vos relations ?

– Autant vous le dire tout de suite, nous étions amants…

– Depuis longtemps ?

– Depuis au moins quatre ans !

– Voyez-vous une raison qui l'aurait poussé à se suicider ?

– Il venait de divorcer pour vivre avec moi. Il m'a offert un énorme diamant et je lui ai dit que c'était beaucoup trop ! Il m'a demandé pourquoi et je lui ai répondu que les autres collègues avaient l'habitude de me donner seulement vingt euros…

Le cadre supérieur d'un parc d'attractions pour enfants reçoit une jeune femme qui postule à un poste d'assistante de direction.

– Bonjour, mademoiselle. Nous allons commencer votre entretien d'embauche. Je présume que vous savez vous servir d'un ordinateur ?

– Oui, bien sûr !
– Bien. Avez-vous l'habitude de répondre au téléphone ?
– Oui, mon précédent emploi était aussi un poste d'assistante de direction.
– Parfait. Vous aimez les enfants ?
– Pour cela, je préfère qu'on attende un peu…

Un employé de bureau s'énerve sans s'apercevoir que son chef est derrière lui…
– Les chefs, c'est comme les poils, j'en ai plein le cul !
Et le chef lui répond :
– Vos primes, c'est comme vos couilles, elles sont suspendues !

Un gars demande à un collègue :
– Tu serais capable de coucher avec une femme noire, toi ?
– Non.
– C'est hyper raciste, ça !
– Pas du tout, c'est ma femme qui est jalouse…

Atroces et bien dégueues

– Maman ! Maman ! Pourquoi mémé, elle flotte ?
– Tais-toi et aide-moi à la lester !

– Maman ! Maman ! Je ne veux plus dormir avec mémé !
– Tais-toi ! Je t'ai déjà dit qu'on n'avait pas assez d'argent pour l'enterrer !
– Alors, pardonnez-moi, ce doit être vos pieds…

Un non-voyant entre dans un magasin avec son petit chien. Il se place au milieu de la boutique, puis se met à faire tournoyer au-dessus de sa tête le chien tenu en laisse ! Une vendeuse arrive en courant :
– Je peux vous aider ?
– Non merci, je jette juste un œil…

Un homme pleure toutes les larmes de son corps. Son ami tente de le réconforter :
– Allez ! Ce n'est rien ! Un jour ou l'autre, tous les docteurs finissent par coucher avec l'une de leurs patientes !
– Peut-être, mais... dois-je te rappeler que je suis vétérinaire ?

Une mère demande à son fils :
– Tu sais quelle quantité de sperme il faut pour faire un attardé ?
– Non...
– Demande à ton père !

Qu'est-ce qui a deux pattes et qui saigne beaucoup ?
Un demi-chien !

Qu'est-ce qui est petit, tout rouge et qui pleure dans un coin ?
Un bébé qui joue avec un scalpel.

L'abus d'alcool est dangereux pour la santé

Deux types bourrés déambulent dans la ville. À un carrefour, sur le trottoir, ils croisent un agent de police. Ils lui demandent :

– Hé ! M'sieur l'agent !

– Oui ?

– Il est passé, le 171 ?

– Oui. Il est passé il y a environ un quart d'heure !

– Et le 54 ?

– Aussi, il est passé.

– Et le 23 ?

– Le 23 vient juste de passer.

– Et le 87 ?

– Inutile de demander, il est tard et tous les bus sont déjà passés !

Le type se retourne vers son copain et lui lance :

– C'est bon ! Y a plus de bus ! On peut traverser…

Où s'assoit un alcoolique quand il fait beau ?

En terrasse !

Les alcooliques voient-ils le verre à moitié vide ou à moitié plein ?
Ils le voient à ras bord !

Deux types saouls décident de finir la soirée dans une maison close. La patronne, n'ayant qu'une seule fille de libre, décide de l'offrir au moins bourré des deux. Pour le second, elle lui réserve une poupée gonflable... Le lendemain, les deux copains racontent leur nuit :
– C'était bien, toi ?
– Oui, super ! Et toi ?
– Bof... Je lui ai mordu le cul et elle s'est échappée par la fenêtre en sifflant !

Deux types discutent au comptoir d'un bar :
– Pourquoi tu bois, toi ?
– Je n'en peux plus... Je ne supporte plus la pression. Et toi ?
– Moi je la supporte très bien : c'est la huitième que je bois !

Pourquoi ça ne sert à rien d'aller aux Alcooliques anonymes ?
Parce que celui qui y va pour la première fois connaît déjà tout le monde !

Mots d'esprit

« À quoi bon remettre à demain ce que l'on peut faire avec ses pieds ? »

Maurice Roche

« Le drame, avec la vie, c'est qu'on n'en sort pas vivant. »

Michel Audiard

« L'amour n'est pas aveugle, il est atteint de presbytie. La preuve, c'est qu'il ne commence à distinguer les défauts que lorsqu'il s'éloigne. »

Miguel Zamacoïs

« Vous avez déjà entendu parler un Américain du Texas ? On dirait un Allemand qui parle sous l'eau ! »

Coluche

« Dieu, en créant l'homme, a quelque peu surestimé ses capacités. »

Oscar Wilde

« Rien n'est plus dangereux qu'une idée quand on n'en a qu'une. »

Pablo Picasso

« C'est pas la peine d'acheter un nouveau matelas si le crédit que vous avez pris pour le payer vous empêche de dormir. »

Patrick Sébastien

« Quand je vois le Christ en croix, les bras m'en tombent. »

Paul Claudel

« L'amour, c'est l'effort que fait l'homme pour se contenter d'une seule femme. »

Paul Géraldy

Les hommes les femmes

Quelle différence y a-t-il entre la bière et les femmes ?
La bière fait pisser et les femmes font chier.

Qu'est-ce qu'un homme prévoyant ?
Un homme qui achète deux packs de bière au lieu d'un.

Quelle différence y a-t-il entre une prostituée, une salope et une chieuse ?
La prostituée est celle qui couche avec tout le monde, la salope est celle qui couche avec tout le monde sauf avec toi, et la chieuse est celle qui ne couche qu'avec toi…

Quel point commun y a-t-il entre les hommes et le pop-corn au micro-ondes ?
Ça vient en trente secondes !

Pourquoi y a-t-il des hormones féminines dans l'alcool ?
Parce que quand on a trop bu, on raconte des conneries et on conduit mal !

Qu'est-ce que l'homme ?
Un portemanteau où la femme peut accrocher sa fourrure.

Quel est le meilleur moyen de regonfler ses pneus ?
C'est de demander à sa femme de leur raconter sa journée !

Qu'est-ce que les femmes ont tous les mois et qui dure entre trois et cinq jours ?
Le salaire de leur mari !

Quels sont les hommes les plus gentils ?
Ce sont les laids, pauvres et chauves ! Non pas parce qu'ils sont plus gentils, mais parce qu'ils doivent faire plus d'efforts que les autres…

Dieu & Co.

Dans la rue, un curé se retourne pour regarder les fesses d'une jolie fille. Une femme s'en aperçoit et lui lance :
– Oh ! Mon père ! Vous n'avez pas honte ? Vicieux !
– Mais, madame, ce n'est pas parce que je ne consomme pas que je n'ai pas le droit de regarder le menu !

Jacob rencontre un ami dans la rue.
– Salut, Jacob ! Ton mariage s'est bien passé ?
– Oui, merveilleux ! D'ailleurs, je pars en voyage de noces !
– Génial ! Et où est ta femme ? Je ne la vois pas…
– Au magasin ! Comme ça, on peut rester ouvert même pendant notre voyage de noces !

Un groupe de pèlerins est reçu par le pape. Chacun a pour consigne de se présenter à lui en déclamant son prénom en latin avant que le Saint-Père ne les bénisse et ne les embrasse sur le front. Le premier, Marc, se présente au pape :

– Marcus…

Le pape l'embrasse sur le front, puis le bénit. Un deuxième pèlerin, Laurent, se présente :

– Laurus…

Le pape l'embrasse sur le front et le bénit. Puis, un troisième pèlerin, Alain, s'avance :

– Alanus…

– Ah, non ! s'écrit le pape. Sur le front, comme tout le monde !

Un homme et une femme qui effectuent un pèlerinage vers Saint-Jacques-de-Compostelle se retrouvent bloqués par la neige dans les Pyrénées. Ils se réfugient dans une petite cabane de berger. Alors qu'ils s'apprêtent à dormir l'un à côté de l'autre, la femme sent une chaleur envahir son corps… Craignant de ne pas pouvoir résister à la tentation, elle sort de la cabane chercher une poignée de neige. Elle revient ensuite s'allonger pour dormir et dépose la neige sur son pubis en feu. L'homme s'empare alors de son sexe qu'il entoure avec empressement de son chapelet…

– Mais ! Que faites-vous ? s'inquiète la femme.

– Ben… quand il y a de la neige, faut mettre les chaînes !

Blagues à Toto

Dans le bus, une dame discute avec Toto, assis en face d'elle.

– Dis-moi, quel âge as-tu, mon bonhomme ?

– 7 ans, madame ! répond Toto.

– Eh bien ! Tu es grand ! Et toi, quel âge me donnes-tu ?

– Euh… 40 ans !

– Ah, c'est gentil ! Je fais vraiment 40 ans ?

– Ben… ma maman m'a dit que quand on est poli, il faut toujours dire la moitié de l'âge de la veille personne…

La maîtresse de Toto se fâche :

– Toto ! Je t'avais demandé de dessiner tes vacances et tu me rends une feuille blanche ?

– Bah oui ! Je suis allé à la neige…

La maîtresse interroge sa classe :

– Qui peut me dire combien font deux pommes + deux pommes ?

– Ça fait quatre pommes ! répond une élève.

– Très bien. Qui peut me dire combien font un lapin + un lapin ?
Toto lève la main et répond :
– Neuf, maîtresse !
– Mais enfin, Toto ! Es-tu certain que cela fait bien neuf?
– Oui, j'avais deux lapins à la maison, et maintenant, il y en a neuf !

La maîtresse fait réciter Toto :
– Conjugue-moi le verbe « chanter » au présent !
– Euh... Euh...
La maîtresse l'aide un peu :
– Quand tu chantes, tu dis...
– Ah oui ! Je chante.
– Bien. Et après ?
– Euh... Euh...
– Si c'est moi qui chante, tu dis quoi ?
– Ah oui ! Je chante... Tu chantes... Euh... Euh...
La maîtresse intervient encore pour l'aider :
– Ensuite, c'est ta sœur qui chante, tu dis quoi ?
– Ah oui ! Je chante... Tu chantes... Et toi, ta gueule ! ! !

Comment emmerder le monde

Arrosez quelqu'un avec un pistolet à eau rempli d'huile.

Offrez à vos enfants des Kinder Surprise que vous aurez préalablement méticuleusement ouverts et refermés pour en retirer la surprise !

Faites croire au serveur qu'il a gagné un bon pourboire en réglant par chèque et en laissant en évidence un billet de vingt euros dessus. Billet qui viendra en fait en complément du chèque pour atteindre le montant de l'addition !

Faites une bombe juste à côté d'un vacancier manifestement frileux qui a du mal à entrer dans l'eau.

Enregistrez un message sur votre répondeur téléphonique où, pendant une vingtaine de secondes, vous faites croire que vous n'entendez pas votre correspondant.

Demandez à la caissière d'un McDonald's la composition des burgers avant de choisir.

Après une séance de sport, demandez à quelqu'un de bien vouloir sentir votre aisselle pour voir si vous sentez la transpiration.

Relevez et corrigez toutes les fautes de français de la personne qui vous parle.

Sortez trois albums de photos de famille pour les montrer aux amis que vous avez invités à dîner et qui s'apprêtaient à partir.

Sur la plage, secouez votre serviette tous les quarts d'heure et dans le sens du vent, de manière à envoyer du sable sur tous les vacanciers alentour.

Drôles d'animaux

Que fait un éléphant lorsqu'il croise une éléphante super sexy?
Il éléphantasme!

Deux Corses marchent dans la montagne depuis plusieurs heures:
– J'ai trop faim! On fait une pause? propose l'un d'eux.
– Mais on n'a rien emmené à manger!
– Bah, on a qu'à faire griller les escargots qui nous suivent depuis deux heures!

Un ange s'intéresse au cas de deux statues du château de Versailles: un bel Apollon et une jolie déesse. L'ange se pose tout près d'eux et leur dit:
– Depuis le temps que vous êtes nus l'un à côté de l'autre, vous devez avoir envie de choses! Je vais vous aider à assouvir votre fantasme… Pour cela, je vous libère pendant une heure. Allez faire ce que vous voulez derrière ce bosquet!

L’ange libère donc les deux statues qui aussitôt s’enfoncent dans le bosquet. Le bel Apollon et la jolie déesse en ressortent une heure plus tard, le sourire aux lèvres… L’ange leur dit alors :
– Apparemment, vous en avez bien profité ! Cela fait plaisir à voir ! Puisque c’est comme ça, je vous accorde une heure de plus !
– Génial ! crie la déesse.
– Oh, oui ! s’écrie le bel Apollon. Cette fois, c’est toi qui tiens les pigeons et moi qui leur chie dessus !

Comment fait-on entrer quatre éléphants dans une Twingo ?
En en mettant deux devant et deux derrière.

Comment fait-on entrer quatre hippopotames dans une Twingo ?
On ne peut pas, il y a déjà quatre éléphants dedans.

Comment sait-on que quatre éléphants sont dans un bar ?
La Twingo est garée devant.

Blagues coquines

Quel point commun y a-t-il entre une femme et un monte-charge ?
Quand on n'en a pas, il faut bien décharger à la main…

Melon et Melèche promènent un chien.
Melon le retient par la laisse et Melèche la queue.

Une femme entre dans le cabinet d'un médecin :
– Pardonnez-moi, docteur, mais je crois que j'ai oublié ma petite culotte chez vous, hier, en me rhabillant après la consultation…
– Ah ? Non, pas du tout ! répond le docteur.
– Ah ? Oups ! Désolée… Ce doit être chez le dentiste !

Deux types sont à la plage et regardent les filles passer…
– Franchement, dit l'un, certaines femmes devraient acheter des maillots trois pièces !

– Et à quoi servirait la troisième pièce ? demande l'autre.
– À nous bander les yeux !

Un homme marche sur une plage naturiste… Soudain, il pousse un cri de douleur. Son pied vient de heurter un objet métallique à moitié enfoui dans le sable.
– Putain de saloperie de merde ! Connerie de déchet à la con ! Pollueurs de mes deux !
Il se baisse et ramasse l'objet, qui est en fait une vieille lampe à huile. Il la frotte un peu et… un génie en sort !
– Pour te remercier de m'avoir délivré, lui dit ce dernier, je te propose de faire un vœu que j'exaucerai sur-le-champ !
– Un vœu ? Et pourquoi pas trois ?
– Non, un seul. Je te rappelle que tu m'as traité de tous les noms !
– Ah oui, c'est vrai, pardon… Dans ce cas, mon vœu serait d'avoir un sexe qui touche presque par terre !
Et aussitôt dit, aussitôt fait, le naturiste se retrouve avec des jambes de dix centimètres !

Quel point commun y a-t-il entre un lama et un pénis ?
Quand tu l'énerves trop, il te crache dessus !

Humour noir

Un médecin rend visite à son patient.
– J'ai deux nouvelles à vous annoncer. Une très bonne et, malheureusement, une très mauvaise…
– Donnez-moi uniquement la très bonne nouvelle ! demande le malade.
– La très bonne nouvelle, c'est que l'Académie de médecine a décidé de donner votre nom à cette maladie…

Comment appelle-t-on un chat sans patte ?
De la nourriture pour chiens !

Un SDF fait la manche à un feu rouge. Une grosse berline de luxe s'arrête. Le SDF frappe à la vitre teintée que le conducteur de la grosse berline baisse…
– Bonjour, monsieur, j'ai faim… dit le SDF.
Le conducteur de la grosse voiture regarde sa montre et répond :
– Il est midi, c'est normal, moi aussi, j'ai faim !

Un homme est sur son lit de mort. Son fils est à son chevet et il lui demande :
– Tu sens cette odeur de tarte ?
– Oui, papa ! C'est maman qui en fait une…
– J'aimerais… J'aimerais que l'on m'amène une… une petite part… S'il te plaît… va demander à ta mère…
Le petit s'en va dans la cuisine quémander une part de tarte et revient quelques instants plus tard pour annoncer à son père :
– Maman veut pas… Elle a dit que c'était pour après l'enterrement.

Une femme téléphone, affolée, au centre antipoison :
– Que dois-je faire ? Mon fils vient de boire un litre d'essence et il court dans tous les sens !
– Attendez la panne sèche, madame…

Une mère gronde son enfant :
– Je t'ai dit d'enlever tes doigts du nez de ton grand-père !
Deux minutes plus tard :
– Enlève tes doigts du nez de ton grand-père !
Cinq minutes plus tard :
– Tu enlèves immédiatement tes doigts de son nez ou je ferme le cercueil !

Les questions cons

Si tous les cons pouvaient se donner la main… il suffirait d'électrocuter le premier ?

Les végans à Noël… ils sont sans foie ni l'oie ?

Quand on dit que la barbe, c'est sexy… on parle de celle des hommes ou de celle des femmes ?

On a tous le droit d'être un peu con, parfois… mais certains n'abusent-ils pas de ce privilège ?

Une réconciliation sur l'oreiller… peut-elle se faire avec une autre personne que celle avec qui on est fâché ?

Est-il vraiment nécessaire d'être vétérinaire et proctologue pour reconnaître un blaireau qui est un parfait trou du cul ?

Comment se fait-il que, chaque année, dès le 26 décembre, les décorations sont installées alors que Noël est dans un an ?

Une rousse radicalisée... est-ce une roue voilée ?

Faut-il craindre la déforestation vu le nombre de glands qui nous entourent ?

Pour bien investir dans des pompes à chaleur... combien de pantoufles faut-il acheter ?

Si un pote m'emprunte mon rasoir, puis me le rend sans s'être rasé la barbe... dois-je encore me servir de ce rasoir ?

Hommes et femmes en blanc

Au milieu de la nuit, un homme téléphone d'urgence au médecin de garde :
– Bonsoir, docteur ! C'est Monsieur Firmin à l'appareil. Venez vite, je crois que ma femme fait une crise d'appendicite !
– Mais non ! Vous me réveillez pour rien ! Votre femme a été opérée de l'appendicite il y a deux ans ! Elle a sûrement des gaz gastriques, voilà tout ! Deux fois l'appendicite, ça ne s'est jamais vu !
Et le docteur lui raccroche au nez… L'homme rappelle aussitôt. Le docteur décroche et l'homme lui dit :
– Et quelqu'un qui se remarie ? Ça ne s'est jamais vu ?!

Deux vétérinaires qui ont fait leurs études ensemble se retrouvent lors d'un séminaire :
– Alors ? Qu'est-ce que tu deviens ? Tu vis toujours dans ton appartement ?
– Oui, toujours en appartement. J'ai toujours mon chien, tu te souviens de lui ?
– Le labrador ?

– Oui ! Il est toujours en pleine forme ! On ne se quitte pas ! Il me réveille le matin, on déjeune ensemble, on se promène ensemble, on regarde la télévision ensemble et il dort au pied de mon lit !
– Et… tu ne t'es toujours pas marié ?
– T'es fou ? Une femme, en appartement ? !

Un professeur demande à un étudiant en médecine :
– Pouvez-vous me dire quels sont les os du crâne ?
– Je ne les ai pas tous en tête…

Un homme entre dans le cabinet d'un psychiatre :
– Docteur, tout le monde m'ignore…
Et le docteur dit :
– Patient suivant !

Un homme se rend chez son médecin et lui explique :
– Quand je mange des patates, je chie des patates… Quand je mange de la viande, je chie de la viande… Quand je mange des haricots, je chie des haricots… Docteur, que dois-je faire pour être comme tout le monde ?
– Ben… bouffez de la merde !

Blagues à Toto

La maman de Toto lui fait faire ses devoirs :
– Allez, récite-moi ta table de multiplication par 5.
Et Toto commence :
– Lalala la… Lalala la… Lalala la… Lalala la…
– Comment ça « lalala » ?! fait sa maman.
– Ben… je me souviens de la musique, mais j'ai oublié les paroles !

Dans un parc, une mamie s'adresse à Toto, qui joue près d'elle :
– Tu vas à l'école, mon petit ?
– Oui, madame.
– Et tu aimes ça ?
– Non.
– Ah… Et est-ce que tu sais quel métier tu aimerais faire quand tu seras grand ?
– Mais j'ai déjà un métier, je suis astronaute !
– Ah bon ?
– Oui, il paraît que je suis toujours dans la lune…

La maman de Toto l'entend dire à sa petite sœur :
– Cul ! Bite ! Connard ! Enculé ! Salop...
– Toto ! ! ! hurle sa maman pour l'interrompre. Non mais ça ne va pas de dire des mots comme ça ? ! Et en plus, à ta petite sœur !
– Mais maman ! Je lui apprends juste les mots qu'il ne faut surtout pas dire !

Toto confie à son père :
– J'aime bien mamie...
– Oui. Elle est gentille, c'est vrai.
– Quand je serai grand, reprend Toto, je me marierai avec mamie !
– Non mais, Toto ! Tu ne peux pas te marier avec ma mère ! s'écrie le père.
– Pourquoi ? fait Toto, tu t'es bien marié avec la mienne !

Toto fouille dans le tiroir du chevet de son père et revient voir sa mère avec la boite qu'il y a trouvée...
– Maman ! Pourquoi tu achètes des ballons gonflables à papa et pas à moi ?

Les plus courtes sont les meilleures

Un homme sonne à la porte de son voisin, qui lui ouvre :
– Excusez-moi de vous déranger, je souhaiterais passer l'aspirateur, le mien est en panne. Pourriez-vous me prêter le vôtre ?
– Oui, bien sûr ! À condition qu'il ne sorte pas de chez moi…

Un serveur demande à une très grosse dame :
– Que souhaitez-vous pour accompagner vos frites… Sauce mayonnaise ? Ketchup ? Béarnaise ? Moutarde ?
– Oui !

Une fille demande à un gars :
– Tu es déjà sortie avec une moche ?
– Non, tu es la première…

– Garçon ! Ce pavé de bœuf est ridiculement petit !
– Oui, mais monsieur ne sera pas déçu quand il verra le temps qu'il va lui falloir pour le manger !

Une femme dit à une autre :
– J'ai un mari en or ! Et vous ?
– Moi, il est en taule…

– Garçon ! Je constate qu'il y a une mouche dans mon potage…
– Oh ! Pardonnez-nous, monsieur. Je vais de suite chercher une araignée pour qu'elle s'en occupe.

Le facteur se présente dans une ferme isolée et s'adresse à la fermière :
– Bonjour, madame ! J'ai une lettre recommandée pour monsieur Dupain !
– L'est là-bas ! Dans la porcherie ! Vous l'reconnaîtrez facilement, c'est c'lui qu'a l'béret !

Monsieur et Madame…

Monsieur et Madame **Esprit** ont une fille. Comment l'appellent-ils ?
Maude (Mot d'esprit).

Monsieur et Madame **Lamise** ont un fils. Comment l'appellent-ils ?
Ralph (Rafle la mise).

Monsieur et Madame **Frigoskeutapri** ont un fils. Comment l'appellent-ils ?
Roméo (Remets au frigo ce que t'as pris).

Monsieur et Madame **Goudy** ont deux filles. Comment les appellent-ils ?
Jaimie, Debbie (J'ai mis des bigoudis).

Monsieur et Madame **Danlku** ont deux filles et un fils. Comment les appellent-ils ?
Irma, Rémy, Sabine (Il m'a remis sa pine dans le cul).

Monsieur et Madame **Dantaire** ont une fille. Comment l'appellent-ils ?
Carrie (Carie dentaire).

Monsieur et Madame **Haitrusse** ont un fils. Comment l'appellent-ils ?
Raoul (Roulette russe).

Monsieur et Madame **Husnoir** ont une fille. Comment l'appellent-ils ?
Anne (Anus noir).

Monsieur et Madame **Al-kekchose** ont un fils. Comment l'appellent-ils ?
Serge (Sers-je à quelque chose ?).

Drôles de couples

Un couple se dispute :
– Fais bien attention… Si tu me quittes, tu ne retrouveras jamais une personne comme moi !
– Mais c'est le but !

Une femme rentre d'une semaine passée en thalassothérapie. Toute heureuse d'avoir perdu du poids, elle annonce fièrement à son mari :
– Chéri, en une semaine, j'ai fondu de moitié !
Son mari lui rétorque :
– Alors, reste une semaine de plus !

Un mari décide de prendre les choses en main et de rétablir certaines choses dans son couple. Sur un ton très autoritaire, il prévient à sa femme :
– Écoute-moi bien… Dorénavant, c'est moi qui commande à la maison ! Quand tu veux sortir, tu me demandes ! Quand je te dis de nettoyer, de laver, de repasser ou encore de faire à manger, tu nettoies, tu laves, tu repasses et tu fais à bouffer sans discu-

ter et sans me demander de l'aide ! C'est ton boulot ! Compris ? De plus, lorsque je rentrerai le soir, devine qui me fera couler un bain ? Lorsque je regarderai la télévision, devine qui m'apportera un verre de bière fraîche ? Devine qui me fera un massage relaxant des épaules ? Et une dernière chose, dès demain matin... devine qui va m'habiller et me coiffer ?
Et sa femme lui répond :
– L'employé des pompes funèbres.

Une femme demande à son mari :
– Est-ce que tu m'aimeras encore quand je serai devenue vieille et laide ?
– Pourquoi, ça va empirer ?

Un homme vient se rendre au commissariat :
– Arrêtez-moi ! Mettez-moi vite en prison ! Je viens de tirer sur ma femme...
– Vous avez tiré sur votre femme ?!
– Oui ! Et après, je l'ai poignardée ! Mettez-moi vite en prison, s'il vous plaît !
– Elle est morte ?
– Parce que vous croyez que si elle était morte, je serais venu me réfugier ici ?

Trop blondes

Une brune et une blonde partent chasser l'éléphant. Armée d'un fusil, la blonde cherche derrière les arbres et sous les bosquets pour débusquer l'animal, pendant que la brune reste dans le 4 × 4… Soudain, un lion surgit et se fait menaçant ! Il rugit et se met à courir en direction de la chasseuse. La blonde met alors son fusil en bandoulière et grimpe à un arbre. Deux heures plus tard, le lion abandonne sa proie et la blonde peut enfin en redescendre. Lorsqu'elle rejoint le 4 × 4, la brune lui demande :

– Mais pourquoi t'as pas tiré ? Ce lion aurait pu te tuer !

– Ben, tu m'as dit que c'était un fusil pour les éléphants !

Une brune et une blonde se promènent dans la rue. Au détour d'une ruelle, la brune remarque un chat, vieux et borgne. Elle dit à sa copine :

– T'as vu le chat avec un seul œil ?

La blonde se cache alors un œil avec sa main et dit :

– Où ça ? Où ça ?

Sur une aire d'autoroute, une blonde arrive affolée à la caisse de la station-service :
– Excusez-moi ! Vous n'auriez pas vu un camion de pintades ?
– Pourquoi ? répond le caissier. Vous êtes tombée ?

Une blonde est engagée dans une animalerie. Un client arrive et demande à voir de plus près les deux perroquets qui sont sur la branche d'un arbre placé au centre d'une grande volière.
– Bonjour, mademoiselle, vous pouvez me montrer le perroquet vert et le perroquet rouge qui sont sur la branche, là-bas ?
– Oui ! J'y vais !
La blonde entre dans la volière et prend le perroquet rouge. Elle revient le présenter au client :
– Et voilà !
– Merci ! Et le vert ? Vous pouvez me montrer le vert ?
– Désolé, monsieur, mais je dois le laisser sur l'arbre : il n'est pas encore mûr !

Une blonde demande un billet au guichet d'un théâtre. La guichetière lui demande :
– C'est bien pour *Roméo et Juliette* ?
– Non, moi, c'est Vanessa, et je suis toute seule.

Blagues à papa

Qu'est-ce qu'un nain regarde en premier chez une femme ?
Ses genoux.

Que répond un papa cyclope à son fils qui lui demande pourquoi il n'a qu'un œil ?
« Tu me casses la couille ! »

Pourquoi les plombiers aiment-ils leur métier ?
Parce qu'ils s'y font.

Quelle est la méthode la plus simple pour sculpter un éléphant ?
On prend un bloc de marbre et on enlève tous les bouts qui ne font pas partie de l'éléphant !

Pourquoi les vendeurs de savon gagnent-ils bien leur vie ?
Parce que leurs clients les savent honnêtes.

Pourquoi Pinocchio sent-il mauvais ?
Parce que Geppetto !

Combien faut-il d'aveugles pour changer une ampoule électrique ?
Pour quoi faire ?

Que chantent les glaçons lorsqu'ils sortent du congélateur ?
Ainsi fond, fond, fond, trois petits tours et puis s'en vont !

La statue de la Liberté est en quoi ?
Elle étend son bras.

On ne dit pas

On ne dit pas « Jerrican », mais on dit « Je me marre ».

On ne dit pas « En venir aux mains », mais on dit « Les troupes de César ont envahi la Gaule ».

On ne dit pas « Il est malfaisant », mais on dit « Cet oiseau martyrise sa femelle ».

On ne dit pas « La bonne paella », mais on dit « La domestique espagnole est en congé ».

On ne dit pas « Le Petit Poucet », mais on dit « L'enfant était constipé ».

On ne dit pas « Ramadan ! », mais on dit « J'ai une carie qui me fait souffrir ».

On ne dit pas « Un pinailleur », mais on dit « Un homme infidèle ».

On ne dit pas « Porter sa pierre à l'édifice », mais on dit « Donner un caillou à l'enfant d'Eddy Mitchell ».

On ne dit pas « La crème dessert », mais on dit « Le plus sympa des cervidés ».

On ne dit pas « Un chalumeau », mais on dit « Dromaludaire ».

On ne dit pas « La volupté », mais on dit « Elle a des flatulences ».

On ne dit pas « La patrouille », mais on dit « Même pas peur ! ».

Le troisième âge

Un couple de retraités devant la télé :
– Mais va donc ouvrir, t'entends pas qu'on sonne ?
– Voyelle.

Un vieux couple, après une énième dispute :
– Tu m'avais promis de me rendre heureuse toute ma vie ! reproche la femme à son mari.
– Oui, je sais… Mais je n'avais pas prévu que tu vivrais si longtemps !

Quelles sont les trois règles de vie du troisième âge ?

- Ne jamais retarder une envie d'aller aux toilettes.
- Ne jamais gaspiller une érection.
- Ne jamais faire confiance à un pet !

Un homme et une femme fêtent leur soixantième anniversaire de mariage. Pour l'événement, le vieux couple

décide de revivre leur nuit de noces. Ils vont dans le même hôtel, louent la même chambre et, tout en se déshabillant, la femme dit à son mari :
– Tu te souviens de ce que tu m'as dit lorsque je me suis mise nue devant toi pour la première fois, il y a soixante ans ?
– Oui, très bien ! Je t'ai dit : « Je vais te sucer les seins jusqu'à les rendre flasques et te défoncer les fesses jusqu'à les aplatir ! »
– Exactement… Et donc maintenant, que faut-il que tu dises ? demande la femme.
– Eh bien, je te dis : « Mission accomplie ! »

Une petite vieille emprunte un ascenseur dans lequel se trouvent déjà deux femmes. L'une d'elles fait sentir son parfum à l'autre tout en lui disant :
– C'est de chez Dior… Deux cents euros le flacon !
L'autre fait alors sentir le sien :
– Chanel… Trois cent cinquante euros les cinquante millilitres !
La petite vieille arrive enfin à son étage et, juste avant de sortir de l'ascenseur, lâche un gros pet en disant :
– Flageolets de chez Lidl, 1,39 euro la boîte !

Atroces et bien dégueues

Un homme revient dans l'animalerie où il avait acheté un canari jaune :

– Voilà... J'ai un souci avec le canari, sa tête touche le haut de la cage et il ne chante pas. Auriez-vous une scie ?

– Que voulez-vous scier ?

– Je veux lui scier les pattes ! Comme ça, sa tête ne touchera plus la cage et il chantera !

– Il ne chantera pas ! s'horrifie le vendeur. Il va mourir ! Vous allez le tuer !

– Mais non ! De toute façon, si vous ne me donnez pas une scie, j'en trouverai bien une ailleurs !

Sur cet argument, le vendeur lui prête une scie en faisant promettre au client de la lui ramener et de lui donner des nouvelles du canari. Le lendemain, le client revient effectivement avec la scie... Tout en la tendant au vendeur, l'homme dit :

– Tenez ! Je vous rends la scie ! Vous auriez un canari court sur pattes ?

– Ah ! Qu'est-ce que je vous avais dit, hein ? Je vous avais bien dit qu'il allait mourir si vous lui sciiez les pattes ! Le pauvre…
– Ce n'est pas en lui sciant les pattes, c'est quand je l'ai mis dans l'étau…

Un petit garçon demande à sa maman :
– T'es sûre que c'est comme ça qu'on prépare un rôti ?
– Tais-toi et rentre dans le four !

Un professeur interroge un de ses élèves qui lui semble un peu différent des autres…
– Qu'est-ce qu'il fait, ton papa ?
– Papa, l'est gogol !
– Ha… Hum ! Et ta maman ? Qu'est-ce qu'elle fait, ta maman ?
– Ma maman, l'est gogole ! Mais l'est morte, maman ! Maman gogole, l'est partie !
– Je… Désolé… Bon ! Et tu as des frères et sœurs ?
– Oui, j'ai un frère ! L'est à l'université, mon frère à moi !
– Bien ! Et qu'est-ce qu'il y fait ?
– L'est dans un bocal, mon frère…

Parents épuisés

– On va avoir une petite fille ! annonce un type à son collègue.
– Super ! Vous allez l'appeler comment ?
– Adidas.
– Hein ?
– Adidas. C'est parce que je veux que personne Lacoste ou la Nike !

Un homme téléphone à sa mère :
– Salut, maman ! Je sors juste du travail, j'arrive. Tu as besoin que j'achète quelque chose ?
– Oui, achète-toi une maison !

– Tu as l'air fatiguée, ma chérie, s'inquiète un homme.
– Forcément, je suis restée debout jusqu'à 5 heures du mat' avec le bébé !
– Je ne suis pas certain que ce soit bon pour lui de le faire veiller aussi tard…

Un père s'adresse solennellement à ses deux enfants :
– J'ai une chose très importante à vous dire. Depuis que votre mère a quitté la maison, c'est très dur pour moi. Faire la vaisselle, étendre le linge, m'occuper de vous… Tout ça, je n'y arrive plus. J'ai besoin de votre aide, maintenant. C'est devenu trop dur.
– Mais, papa… Maman est juste partie faire les courses !
– Oui, mais c'est dur quand même.

– Dis, papa, pourquoi je n'ai pas de petit frère ?
– Parce que tu ne dors pas la nuit…

– Papa, je veux regarder la télé !
– D'accord, mais tu ne l'allumes pas !

Un enfant demande à son papa geek :
– Dis-moi, comment je suis né ?
– Eh bien… Je faisais un chat sur MSN avec ta mère. On s'est donné rendez-vous dans les toilettes d'un cybercafé, ta mère a fait des *downloads* de mon *memory stick*, on a copié/collé et j'ai uploadé sans firewall. Impossible de faire un *delete* ou un CTRL+Z et… neuf mois plus tard, le virus était là !

Les copains, les copines

Un type à un ami :
– J'ai installé une appli, je rentre ce que j'ai mangé et ça me dit combien je dois courir en fonction des calories !
– Ah, c'est cool ! Et tu dois courir combien, là, par exemple ?
– Je dois faire 2 483 km. Aller-retour.

Deux copains font leurs courses ensemble :
– Tu ne prends pas du thon en boîte ?
– Non, je n'y vais plus…

– Tu n'aurais pas beaucoup grossi ? demande une femme à une amie.
– Non, ça va, je rentre encore dedans !
– Dans ton jean ?
– Dans mon lit !

Une fille à une copine :
– Waouh ! Top, ton gloss ! C'est quoi, la marque ?
– Gras de beignet.

– Tu devrais essayer le régime « Comme j'aime », conseille une femme à sa copine.
– C'est ce que je fais en ce moment : comme j'aime le Nutella, comme j'aime les burgers et les frites, comme j'aime les glaces…

Un gars se confie à un ami :
– J'aimerais pouvoir vivre éternellement !
– Alors, tu dois te marier.
– Ça ne me donnera pas la vie éternelle.
– Non, mais ça t'en coupera l'envie !

– Pourquoi on m'offre tout le temps des livres de coloriages ? se plaint une fille auprès d'une copine.
– Peut-être à cause de la manière dont tu te maquilles…

Comment emmerder le monde

Montez dans le métro avant que les autres ne soient descendus.

———

Au restaurant ou chez des amis, mouchez-vous dans votre serviette de table !

———

Rotez sur quelqu'un après avoir mangé du saucisson à l'ail.

———

Au péage sur l'autoroute, garez-vous trop loin de la caisse automatique de manière à devoir descendre pour payer.

———

Pétez avant de sortir d'un ascenseur !

———

Comptez n'importe comment et à voix haute pendant qu'une personne compte.

Asseyez-vous seul à un arrêt de bus pour contraindre les autocars à s'arrêter. Levez-vous, puis poursuivez votre chemin lorsque le chauffeur a ouvert les portes.

Mettez-vous devant une place qui se libère sur le parking bondé d'un supermarché le dernier samedi avant Noël, de manière à empêcher les automobilistes de s'y garer en prétextant que la place est réservée.

Faites du stop pour… demander l'heure !

Commandez une pizza en demandant que l'on écrive « bon anniversaire » avec les anchois.

Dites à une mère que son petit-fils est très mignon et qu'elle doit être une grand-mère comblée !

Dieu & Co.

Un jour, Dieu ordonna à Hanna de rire et depuis, elle Rihanna !

Sarah, une femme juive, n'a pas de chance dans la vie : chaque matin, depuis des années, la poisse commence dès le petit déjeuner. Lorsqu'elle tartine sa biscotte de confiture, celle-ci lui échappe systématiquement des mains et tombe sur le sol, du côté de la confiture… Elle a beau prier le Seigneur, rien n'y fait, tous les matins, sa biscotte tombe par terre du mauvais côté. Pourtant, un matin, la biscotte tombe miraculeusement du bon côté ! Sarah est folle de joie. Elle s'empresse d'aller voir le rabbin et lui explique tout. Elle lui demande :

– Rabbi, est-ce que vous pensez que c'est un signe du Seigneur ? Est-ce que cela signifie que je vais dorénavant avoir de la chance dans ma vie ? Qu'en pensez-vous ?

Le rabbin ne répond pas et semble méditer. Sarah insiste :

– Est-ce que le Seigneur vous parle en ce moment, rabbi ?

– Oui… répond-il.
– Et qu'est-ce qu'il vous dit, rabbi ?
– Il me dit que ce matin, vous aviez tartiné votre biscotte du mauvais côté !

Une jeune femme se confesse :
– Mon père, pardonnez-moi, parce que j'ai péché…
– Quel péché avez-vous commis, ma fille ?
– Le péché de vanité, mon père…
– Qu'avez-vous fait, ma fille ?
La jeune femme explique sa faute :
– Tous les matins, lorsque je me lève, je vais jusqu'à la salle de bains et je me regarde dans le miroir… Je me contemple, et là, je me trouve belle, très belle !
– Ma fille, vous n'avez commis aucun péché !
– Vous êtes certain de cela, mon père ?
– Oui ! Ce n'est pas un péché, c'est seulement une erreur…

– Moïse ! Moïse ! Réveille-toi !
– Quoi… ?
– Réveille-toi ! C'est le *Titanic*, il coule !
– T'inquiète pas… Il n'est pas à nous, ce bateau.

Devinettes

Comment ne pas avoir l'odeur du parfum de sa maîtresse ?
En lui offrant le même que celui de sa femme !

Quel est le mois le plus incertain ?
Le mois doute…

Que font deux plantes qui se rencontrent ?
Elles vont prendre un pot !

Quelle est la danse préférée des bœufs ?
Le slow ! Pour danser joug contre joug.

Quel point commun y a-t-il entre un policier et un escargot ?
C'est à la bavure qu'on voit par où ils sont passés.

À quelle condition le thé vert fait-il maigrir?
À la condition d'aller à pied en Chine pour le ramasser!

Quelle est la seule partie du *Titanic* qui est restée intacte?
La piscine, elle est encore remplie d'eau…

Comment se nomme la fée recordwoman du monde?
La fée Zanhautan.

Sur quelle plage peut-on trouver des moules?
Sur une plage naturiste…

Quelle est la pire chose qu'un Arabe puisse dire à un sympathisant du RN?
« Bonjour, voisin ! »

Quelle est la différence entre Dieu et un policier municipal?
Dieu ne se prend pas pour un policier municipal.

Trop blondes

Que fait une blonde entre deux brunes ?
Des interférences !

Une blonde est engagée dans une usine de conditionnement de bananes. Son travail consiste à les trier et à retirer toutes celles qui sont impropres à la consommation. À la fin de la journée, le contremaître constate que la blonde a jeté toutes les bananes !
– Qu'avez-vous fait des bonnes bananes ?
– Je n'en ai pas trouvé, monsieur !
– Comment ça ?
– Elles étaient toutes tordues !

Une blonde se promène au bord de l'eau avec des skis nautiques aux pieds. Un gamin lui lance :
– Eh ! M'dame ! Faut se faire tirer par un bateau pour faire du ski nautique !
– Je sais, petit ! Premièrement, sache que toutes les blondes n'aiment pas se faire tirer ! Deuxièmement, je préfère le ski de fond !

Que fait une blonde lorsqu'on lui demande si elle sait combien de neige est tombée pendant la nuit ?
Elle sort compter les flocons.

Un gars demande à une blonde :
– Tu es pour l'égalité des sexes ?
– Oui, bien sûr, mais je n'y crois pas...
– Tu penses que cela n'est pas possible ?
– Absolument, dit la blonde, comment pourrait-on faire pour qu'ils aient tous la même longueur ? !

Une blonde souhaite acheter un pull. La vendeuse la conseille :
– Prenez celui-ci, il est en pure laine vierge de mouton !
– Ah... Vous en auriez en laine de moutons qui ne sont plus puceaux ?

Une blonde entre dans une librairie et demande un livre.
– Un livre de quel auteur souhaitez-vous, mademoiselle ? lui demande le libraire.
– Ben... peu importe la hauteur, pourvu qu'il entre dans mon sac !

Les questions cons

Un amoureux handicapé en fauteuil roulant... peut-il faire le premier pas?

Ceux qui n'ont rien appris à l'école... pourquoi croivent-ils toujours tout savoir?

Si je sors avec une Écossaise... y a-t-il un risque à ce que son corps ne m'use?

L'eau est tellement polluée... faut-il encore se laver de ses péchés?

Si l'odeur du barbecue fait saliver... en est-il de même quand un végétarien tond sa pelouse?

Si on court avec le bras gauche dans le dos… on fait une course contre la montre ?

———

Celui qui se lance des fleurs… a-t-il des pétales dans les cheveux ?

———

Le soutien-gorge rembourré… l'alcool aussi ?

———

Si tu es invité à manger chez un végan et que tu arrives en retard… le repas est-il fané ?

———

Puisque l'oignon est le seul aliment qui fait pleurer… une noix de coco qui tombe sur la tête, ça fait juste rire ?

———

Si, quand on accouche dans un avion, l'enfant a des vols gratuits à vie… est-ce que ça marche aussi dans un centre des impôts ?

———

La ronde des métiers

Artiste de cirque

Dans un cirque, à la fin d'une représentation, un spectateur contourne le chapiteau pour rejoindre les caravanes des artistes et demander un autographe au nain. L'homme cherche partout, mais ne le trouve pas… Il demande finalement au trapéziste, qui lui indique la caravane du nain. Le spectateur frappe à la porte et un type d'au moins deux mètres lui ouvre…

– Euh… excusez-moi, dit le spectateur, je cherchais le nain pour lui demander un autographe. J'ai dû me tromper de caravane…

– Non ! fait le géant. C'est bien moi.

– Vous ? Le nain ? Mais…

– Eh bien quoi ? Je peux bien me détendre un peu, non ?

Huissier

Quel bout de la corde envoie-t-on à un huissier qui se noie ?

Les deux !

Chauffeur routier

Deux chauffeurs routiers qui ont mangé trop de chocolat sont super constipés depuis trois jours. Un soir, ils font une halte dans un café et se rendent ensemble aux toilettes pour une autre tentative... Soudain, l'un d'eux entend un grand « PLOUF ! » dans les toilettes voisines occupées par son copain.

– Putain, tu as de la chance ! Tu dois être soulagé !

Et l'autre lui répond :

– Non, c'est ma montre...

Avocat

Un avocat fait sa plaidoirie :

– Monsieur le juge... lorsque vous mettez une pièce dans la fente d'un distributeur de boissons et qu'il en tombe une canette. À qui est cette canette ? À vous ou bien au distributeur ?

– À moi, de toute évidence ! répond le président.

– Ah ! fait l'avocat. Donc, l'enfant appartient bien à mon client...

Humour noir

Épitaphe
Ci-gît,
Gnare.
A mené une vie de con.

Un enfant joue dans la rue. Il a fabriqué un chariot en bois qu'il a peint en rouge. Il a ensuite attaché son chien par son collier au chariot et son chat par les testicules…

– Qu'est-ce que tu as fabriqué là ? lui demande un passant.

– C'est un camion de pompier !

– Super ! Mais… je vois que ton chien tire le chariot par le cou et le chat par… les… ses petites cacahuètes. Tu sais que ton camion de pompier irait beaucoup plus vite si ton chat le tirait par le cou ?

– Oui, m'sieur ! Mais… j'aurais plus de sirène !

Un vieux monsieur, juste avant de mourir, avait donné son secret de longévité à un de ses petits-fils : « Chaque matin, je mettais un peu de poudre à canon dans mon café au lait ! » Le petit-fils suivit les conseils de son grand-père et, chaque matin de sa vie, il déjeuna avec un bol de café au lait et un peu de poudre à canon dedans. Il vécut jusqu'à l'âge de 97 ans ! Il laissa derrière lui neuf enfants, trente-deux petits-enfants, cinquante et un arrière-petits-enfants et un cratère de six mètres au crématorium...

Un macho avoue à un de ses copains :
– Je n'ai jamais offert de fleurs à ma femme !
– Ah bon ? Mais qu'attends-tu pour le faire ?
– Une bonne occasion.
– Une bonne occasion ?
– Oui, comme son enterrement, par exemple...

Une femme affolée téléphone aux pompiers :
– Une voiture piégée a explosé !
– Où ça ?! demande le pompier.
– Avenue du Général-de-Gaulle ! répond la femme.
– Il y a des victimes ?
– Oui, un piéton qui passait juste devant à ce moment-là !
– Où se trouve le piéton en ce moment ?
– Avenue du Général-de-Gaulle, place du Maréchal-Juin, rue Colbert, rue d'Alsace, impasse Diderot...

Blagues coquines

Une femme qui en train de préparer à manger dans la cuisine appelle son mari :
– Chéri ! Viens vite me faire l'amour, s'il te plaît !
– Maintenant ? s'étonne le mari.
– Oui, de suite. Vite !
– Ici ? Dans la cuisine ?
– Oui !
– Mais pourquoi ?
– Dépêche ! Je vais faire des œufs à la coque, le minuteur est en panne, j'ai besoin de chronométrer 1 minute 30 !

Qu'est-ce que la contraception orale ?
C'est lorsqu'on demande à une femme de coucher avec elle et qu'elle vous répond « non » !

Melon et Melèche veulent faire un gâteau.
Melon prend la farine et Melèche les œufs.

Un type avoue à un copain :
– À la maison, c'est moi qui fais toutes les tâches ménagères !
– C'est bien !
– Ouais ! Et c'est ma femme qui les nettoie.

En survolant Metropolis, Superman aperçoit, grâce à sa supervision, Wonder Woman totalement nue, les jambes grandes écartées… Très excité, il plonge sur elle, lui fait l'amour à super grande vitesse et repart aussitôt. Wonder Woman demande alors :
– Que se passe-t-il ? Pourquoi t'arrêtes-tu ?
Et l'homme invisible, qui est sur elle, lui répond :
– Je sais pas… J'ai super mal au cul !

Pourquoi Blanche-Neige a-t-elle été licenciée ?
On l'a retrouvée assise sur le visage de Pinocchio en train de crier : « Dis-moi des mensonges ! Dis-moi des mensonges ! »

Un spermatozoïde à un autre :
– Pfff ! J'en peux plus, impossible de pénétrer cet ovule !
– Cesse de te fatiguer, c'est une amygdale !

L'abus d'alcool est dangereux pour la santé

Après une soirée très arrosée et les bars étant désormais fermés, un type propose à son copain de venir terminer leur beuverie chez lui. Lorsque le type arrive à son domicile, il ouvre doucement la porte pour ne pas réveiller sa femme. Le copain demande alors à son hôte où sont les toilettes. Le premier les lui indique et, lorsqu'il revient, le copain lui annonce :
– T'es cocu ! J'me suis trompé, j'suis entré dans ta chambre… Y a ta femme qu'est en train de baiser avec un homme !
Le type met alors son index sur sa bouche et dit :
– Chuuuuuuut ! Il n'y a que deux bières !

Un type super baraqué entre dans un bar et lance :
– Y a quelqu'un qui s'appelle Antoine, dans le bar ?
– Moi ! C'est moi ! répond un gars totalement ivre en levant le doigt.
Le type s'approche de lui, lui pète la gueule, puis s'en va… Alors que le malheureux a le visage en sang et qu'un ami l'aide à se relever, le patron du bar lui dit :
– Il vous a bien eu, hein !

Et le gars lui répond :
– Ha, ha ! C'est moi qui l'ai bien eu ! Je m'appelle Jérôme !

Deux clochards s'apprêtent à pique-niquer dans un parc :
– Alors, qu'est-ce que tu as amené de bon ? demande le premier.
– Quatre bouteilles de pinard et une baguette de pain.
– T'es fou ! Qu'est-ce qu'on va faire de tout ce pain ! ?

Un type sonne à la porte d'une maison. Le propriétaire lui ouvre :
– Oui, qu'est-ce que c'est ?
– Bonjour... J'suis bien au numéro 8 ?
– Non monsieur, vous êtes au 88 !
– Ah ! Bah, ça va, j'suis pas bourré, alors !

Qu'est-ce que le courage ?
C'est de rentrer saoul à la maison, d'avoir sa femme qui attend avec un balai et de lui demander : « Tu fais le ménage ou tu allais t'envoler quelque part ? »

Mots d'esprit

« Dans les rues, je suis fasciné par tous ces bipèdes qui tiennent miraculeusement debout en gardant leur équilibre sans jamais céder à la facilité de se déplacer à quatre pattes. »

Philippe Bouvard

« Si les lentilles vous font péter, portez des lunettes. »

Philippe Geluck

« On est gouvernés par des lascars qui fixent le prix de la betterave et qui ne sauraient pas faire pousser des radis. »

Michel Audiard

« La force des femmes n'est pas dans ce qu'elles disent, mais dans le nombre de fois qu'elles le disent. »

Marcel Archard

« Forts du vieux proverbe qui prétend que seuls ceux qui ne font rien ne se trompent jamais, un nombre croissant de nos concitoyens éliminent par l'inaction tout risque d'erreur. »

Philippe Bouvard

« Les célibataires devraient être plus lourdement taxés que les hommes mariés. Ce n'est pas juste que des hommes soient plus heureux que d'autres. »

Oscar Wilde

« La bonne santé n'est que la plus lente des façons de mourir. »

Coluche

« Un chameau, c'est un cheval dessiné par une commission d'experts. »

Francis Blanche

« Le crocodile est une chaussure qui bâille de la semelle. »

Ramón Gómez de la Serna

Les hommes les femmes

Quel point commun y a-t-il entre les bébés et la vaisselle ?
Ce sont les deux choses que les femmes font le mieux !

Qu'est-ce que « faire l'amour » ?
C'est ce que fait une femme pendant qu'un homme baise.

Quel point commun y a-t-il entre un homme et la télévision ?
C'est facile à allumer et trop con pour s'éteindre tout seul !

Un homme dit à sa femme :
– Aux infos, ils ont dit que les femmes prononçaient plus de mots par jour que les hommes !

– Normal ! répond sa femme. Faut toujours vous expliquer les choses deux fois !
– Quoi ?

À un certain âge, la femme est ménopausée. Chez l'homme, on parle d'andropause, alors qu'il s'agit plutôt du syndrome de l'oignon : le gros ventre, la mauvaise haleine, la queue sèche, et quand on le regarde… on a envie de pleurer !

Quelle pâtisserie réduit l'appétit sexuel d'une femme à jamais d'au moins 90 % ?
Le gâteau de son mariage !

Quel point commun y a-t-il entre un homme et un cafard ?
Ils n'entrent dans la cuisine que pour voir ce qu'il y a à bouffer !

Quelle différence y a-t-il entre une femme et le travail ?
Après plusieurs années, le travail vous pompe toujours autant…

Drôles de couples

Une femme se réveille et raconte à son mari le mauvais rêve qu'elle vient de faire :
– Je suis crevée, j'ai mal dormi ! Toute la nuit, j'ai rêvé que je faisais du vélo !
– Moi aussi, je suis crevé ! répond le mari. Toute la nuit, j'ai rêvé que je faisais l'amour !
– Ah bon ? Avec moi, j'espère ! dit sa femme.
– Toi ? Tu étais partie à vélo...

Un homme à sa femme :
– Qu'est-ce qu'il y a ?
– Rien, ça va, merci.
– Non, je voulais dire pour le dîner...

Un homme et une femme font une partie de jambes en l'air lorsque le téléphone sonne. Le couple s'interrompt et la femme décroche :
– Allô ? C'est toi, chéri ? Oui... D'accord... Ce n'est pas grave ! Prends ton temps ! Oui... Moi aussi... Je t'embrasse, mon amour, à tout à l'heure !

La femme raccroche. Son amant lui demande :
– C'était ton mari ?
– Oui ! Ne t'inquiète pas, on en a encore pour deux bonnes heures, il fait une partie de billard avec toi !

Dans une jardinerie, une femme demande à son mari :
– Si tu devais choisir une plante à mon image, tu prendrais quoi ?
– Une plante grasse.

Un type raconte sa journée au bureau à sa femme :
– Tu ne devineras jamais ce qui est arrivé aujourd'hui !
– Quoi donc ?
– Mon collègue, Antoine, il a voulu rentrer chez lui pour déjeuner. Il voulait faire la surprise à sa femme qui se plaint tout le temps. Et là, il l'a trouvée au lit avec un mec ! Eh bien, il a eu une crise cardiaque et il est mort !
– Mince !
– Oui ! Cocu, crise cardiaque, raide mort ! J'espère qu'un truc comme ça ne m'arrivera jamais !
– Mais non… Tu n'es pas cardiaque, toi ?

Trop blondes

Une blonde est invitée chez une amie brune. Elle arrive avec un petit présent : un portrait d'elle encadré !
– Merci… fait la brune un peu étonnée.
– De rien ! Je sais que tu as cassé ton miroir, alors, ça le remplacera !
– Mais c'est une photo de toi ?
– Oui ! Je ne sais pas si tu as remarqué, mais dans les miroirs, on voit toujours la même chose : moi !

Une blonde et une brune sautent du vingtième étage d'un immeuble. Laquelle des deux va toucher le sol en premier ?
La brune, parce que son cerveau est beaucoup plus lourd.

Une blonde et sa copine brune décident de commander des pizzas. La blonde compose le numéro de téléphone d'un restaurant, puis transmet sa commande et l'adresse de livraison. Une heure plus tard, les pizzas ne sont toujours pas arrivées…

– Tu as bien donné l'adresse ? lui demande la brune.

– Oui.

– Et ils t'ont dit que nous serions livrées dans combien de temps ?

– Je ne sais pas, ils n'ont rien dit. En fait, ça a décroché, mais personne ne parlait ! J'ai quand même passé la commande mais… elle a dû tomber dans l'oreille d'un muet !

Un type aborde une blonde dans une boîte de nuit :

– Salut, tu es d'où ?

– J'suis une fille ! J'suis pas doux, je suis douce !

Une blonde observe sa copine en train de préparer de la mayonnaise. Cette dernière s'active avec le fouet, mais la mayonnaise ne prend pas…

– J'en ai marre de cette mayo, elle ne veut pas monter !

– Donne ! Je m'en occupe !

La blonde s'empare alors du bol et s'apprête à quitter l'appartement lorsque sa copine la retient :

– Mais où vas-tu avec la mayonnaise ?

– Ben… je vais la mettre dans l'ascenseur, pour la faire monter !

Perles des campeurs

« Ma femme compte plein tarif ? »

« On peut jouer aux boules plus tard si on ne fait pas de bruit avec ? En les enveloppant avec du scotch… ? »

– Je suis allé à la douche, mais il n'y a pas d'eau !
– Comment ça ?
– Il n'y a pas d'eau… Dans la douche, là-bas ! Y a même plus de pommeau de douche !
– Non ! Ça, ce sont des toilettes à la turque dont on ne se sert plus !

« Bonjour, on cherche un camping, mais mieux que celui-là… Vous pourriez nous conseiller ? »

– Cette nuit, un sadique a volé mes petites culottes ! Elles séchaient sur le fil. Elles sont en coton blanc, taille 46…
– Vous savez, il y a eu beaucoup de vent cette nuit…

« Je ne sais pas ce que les gens ont bouffé hier, mais aujourd'hui, qu'est-ce que ça pue aux toilettes ! »

« On voudrait réserver un emplacement pour nous, mais aussi tous ceux qui sont autour pour qu'il n'y ait personne à côté de nous. C'est possible ? »

– Merci bien, et peut-être à l'année prochaine !
– Les baignades ont été bonnes ?
– Il y avait une piscine ?
– Non, il n'y en a pas. Je parlais de la plage…
– Il y avait une plage ?

« Si je ne tire jamais la chasse d'eau, monsieur, c'est pour faire des économies d'eau ! »

Les belles-mères

Une femme cherche en vain un livre dans toute la maison… Elle finit par demander à son mari :
– Dis, tu n'as pas vu le livre que je cherche partout depuis tout à l'heure ?
– Lequel ?
– *L'Art de devenir centenaire.*
– Ah ! Celui-ci ? Je l'ai jeté à la poubelle !
– Mais pourquoi ?
– Hier, j'ai surpris ta mère en train de commencer à le lire !

Comment pratiquer la respiration artificielle sur sa belle-mère ?
Inutile de savoir…

Un météorologue interrompt son travail pour téléphoner à sa femme :
– Chérie, quel est le prénom de ta mère, déjà ?
– Oh… C'est gentil de penser à maman pendant que tu travailles ! Fallait pas me téléphoner pour ça, tu

pouvais attendre ce soir pour me le demander. Mais vis-à-vis de ma mère, je suis agréablement surprise de constater que ce trou de mémoire te dérange à ce point !

– Non, mais… il y a un nouvel ouragan qui se forme, il faut que je le baptise…

Un homme part visiter Jérusalem avec sa femme et sa belle-mère. Malheureusement, cette dernière décède sur place. L'homme s'occupe de tout et parvient en un temps record à faire rapatrier sa belle-mère en France. Dans l'avion qui ramène la dépouille de sa mère, la femme remercie son mari :

– C'est vraiment très gentil à toi de t'être occupé de tout, et aussi vite !

– Tu sais… fait le mari, là-bas, il y a plus de deux mille ans, est mort un dénommé Jésus. Trois jours après sa mort, ce fut sa résurrection… Alors, avec ta mère, je ne veux prendre aucun risque !

Au comptoir d'un bar, un type dit à l'autre :

– Ça y est ! Je me suis enfin débarrassé de ma belle-mère : je l'ai mise à la porte !

– Toutes les mêmes, ces belles-mères ! Faut toujours qu'elles s'incrustent !

– Oui ! Enfin… là, c'est nous qui habitions chez elle…

Les dragueurs

Au restaurant, un couple vient de terminer son plat :
– Comment avez-vous trouvé la morue ? demande le serveur.
– Je l'ai rencontrée il y a deux heures sur Tinder, lui répond l'homme.

Dans une boîte de nuit, une fille est excédée par un gars assis au bar qui picole sans arrêter de la dévisager. Elle se décide à aller le voir :
– Tu n'as pas fini de me mater comme ça ? Qu'est-ce que tu veux ? Pourquoi tu te saoules la gueule tout en me fixant ?
– C'est parce que je sais que quand je commencerai à te trouver belle… faudra que j'arrête de boire.

Une blonde sort en discothèque et fait la rencontre d'un garçon. Un peu plus tard dans la soirée, le garçon amène la blonde sur la banquette arrière de sa voiture

et lui fait l'amour. Lorsqu'ils ont terminé, la blonde fond en larmes.
– Qu'est-ce que tu as ? demande le garçon.
– Snif ! J'ai peur que tu penses de mauvaises choses de moi… s'inquiète la blonde.
– Ben… pourquoi ?
– Tu sais… je ne suis pas ce genre de fille…
– Oui, je sais… Ne t'inquiète pas.
– Tu me crois ? demande-t-elle.
– Oui, je te crois.
– C'est gentil. Il faut que je t'avoue quelque chose…
– Dis-moi…
– Tu es le premier ! confie la blonde au jeune homme très surpris.
– Je suis le premier avec qui tu fais l'amour ?
– Mais non ! Le premier qui le croit !

Dans une boîte de nuit, un homme aborde une femme assise au comptoir :
– Si je m'assois à côté de vous, est-ce que j'ai ma chance ?
– Pour faire de moi ce que vous voulez, il faut savoir me prendre par les sentiments !
– Ah, OK ! Attendez que je regarde dans mon portefeuille combien j'ai de sentiments…

Atroces et
bien dégueues

– Papa ! Papa ! Grand-père est en train de fumer !
– Ce n'est rien, il suffit de verser un peu plus d'essence dessus…

———

Une femme accouche d'un enfant qui n'a malheureusement pas de mains. Après avoir préparé le nouveau-né, la sage-femme le prend pour aller le présenter au papa, qui attend dans la pièce voisine.
– Mais ? Il n'a pas de mains ! C'est horrible !
– Mais non ! s'offusque la sage-femme. Regardez comme il est moignon !

———

Un couple de clochards passe une nuit de plus sous des cartons. La femme se met à caresser l'entrejambe de son homme et dit :
– Ah ! Je vois que tu peux encore bander !
– Désolé, chérie, mais je chie…

———

Combien de bébés faut-il pour repeindre un mur?
Tout dépend de la force du lancer.

Une femme est débordée de travail à la maison. Le repas à préparer, le ménage à faire, le repassage à terminer... Elle demande un peu d'aide à son mari encore vautré dans le canapé.
– Chéri ! Tu peux m'aider ?
– Hein ? Quoi ?
– Tu peux m'aider ?!
– Quoi encore ? Pfff...
– Prends le petit et donne-lui le bain, s'il te plaît !
Un moment plus tard, elle s'inquiète de n'entendre aucun bruit et accourt dans la salle de bains. Elle découvre son mari qui, tenant le bébé par un pied, le trempe dans la baignoire tout en le déplaçant de long en large !
– Aaaah !!! Qu'est-ce que tu fais ?! Tu vas le noyer ! Il faut le tenir dans ses bras !
– T'es pas folle ? fait le mari. Je vais me brûler !

Pourquoi les pédophiles sont-ils d'excellents conducteurs ?
Parce que ce sont les seuls à rouler à 20 km/h devant les écoles !

Comment se débarasser des cons

Les ennuyeux

Invité chez des personnes que vous n'aimez pas, offrez-leur fièrement un grand tableau dans un cadre doré acheté un euro dans un vide-greniers, la vieille croûte d'un horrible paysage ou le portrait d'une grand-mère. En partant, spécifiez bien que lorsque vous reviendrez, vous tenez à le voir accroché dans le salon ! Jamais plus ils ne vous inviteront !

Le cadeau anti-cons

Faites-lui livrer un bouquet de fleurs accompagné d'un petit mot doux signé du prénom de votre choix. Effet papillon : s'il est marié, cela devrait perturber sa relation de couple, le conduire au divorce et donc à son probable déménagement loin de vous !

La méthode contre la discrimination des cons

Ce n'est pas parce que certains sont cons qu'il faut les exclure de la société. Au contraire, facilitons leur intégration en leur réservant certains métiers. Et pour qu'ils ne prennent pas les emplois de ceux qui ne sont pas « la moitié d'un con », il suffit de supprimer certains objets et de les remplacer par des cons. Exemples :

- les punching-balls dans les salles de sport ;
- les paillassons ;
- les ralentisseurs ou dos-d'âne sur les routes ;
- les détecteurs de fuites nucléaires.

La réplique anti-cons

« Les cons de première classe, je les enfouis dans la gangue incassable de mon profond mépris dont je suis président d'honneur ! »

D'après une réplique du film
Y a-t-il un Français dans la salle ?
(1982), de Jean-Pierre Mocky

L'égocentrique

L'égocentrique acceptera volontiers que vous le preniez en photo. Avouez-lui ensuite que c'est pour votre tableau de chasse personnel, que vous affichez les photos sur un mur des cons, dans vos toilettes ou dans le garage pour jouer aux fléchettes !

Les plus courtes sont les meilleures

Obélix demande à Astérix :
– Dis-moi, c'est quoi la sodomie ? Un nouveau pays ?
– J'sais pas... mais c'est certainement un truc des Romains pour emmerder la Gaule !

– Je ne m'y reprends jamais à deux fois pour faire un créneau ! déclare une femme à une autre.
– Ah... Comment faites-vous ?
– Je vais me garer ailleurs !

Dans un restaurant :
– Il est comment, votre canard ?
– Mort.

L'argent, quand on le partage, il diminue...
L'amour, quand on le partage, il augmente !
Le mieux, c'est certainement de partager son amour avec quelqu'un qui partage son argent...

Au cimetière, l'amant de la défunte pleure aux côtés de son mari. Le mari dit alors à l'amant :
– Ne pleurez pas, je me remarierai…

Un type demande à un collègue :
– Qu'est-ce que tu faisais avant d'être marié ?
– Ce que je voulais…

– Voyez-vous, je pense que les gens devraient tous dormir la fenêtre ouverte !
– Vous êtes médecin pour dire cela ?
– Non, cambrioleur…

Le saviez-vous ?
Une femme possède en moyenne quatorze paires de chaussures. À une cinquantaine près…

– T'es comme le mois de février !
– C'est-à-dire ?
– T'es pas fini !

Blagues à Toto

Toto et sa grand-mère se promènent dans la rue. Soudain, la mamie glisse et tombe par terre !
– Toto, dit-elle, aide-moi à me relever, je n'y parviens pas !
– Ah non ! fait Toto. Tu m'as toujours dit qu'il ne fallait pas ramasser ce qui traîne par terre dans la rue !

———

La maîtresse donne un premier cours d'éducation sexuelle à sa classe.
– Quelqu'un sait-il comment Maman Lapin et Papa Lapin font pour avoir des petits lapins ?
Toto lève la main et répond :
– Papa Lapin, il met une graine dans le ventre de Maman Lapin !
– Très bien, Toto ! Et après ?
– Après, poursuit Toto, il la pousse bien profond avec sa bite.

———

Toto est très en retard et court pour se rendre à l'école tout en priant : « Mon Dieu, faites que je ne sois pas en retard ! Autrement, je vais être puni ! Mon Dieu, faites que je ne sois pas en… » Mais Toto trébuche et tombe sur le trottoir. Il se relève, se remet à courir et reprend sa prière : « Mon Dieu, faites que je ne sois pas en retard, mais arrêtez de me pousser… »

Toto arrive en retard à l'école :
– Toto ! As-tu une bonne excuse pour expliquer cet énième retard ? se fâche la maîtresse.
– Oui. Cette nuit, j'ai rêvé que je jouais au football.
– Et alors ?
– Ben… il y a eu prolongations !

Toto à son père :
– Tu m'as bien dit que lorsqu'on travaillait bien, on était bien payé ?
– Oui, le travail est toujours récompensé.
– Eh bien, j'ai demandé à la maîtresse, elle m'a dit que même si j'avais une bonne note, elle refuserait de me payer !

Perles de parents d'élèves

« Il s'est pété la jambe en deux, c'est pas recollé, mais il peut revenir grâce au plâtre. »

« Ma fille pourra pas venir, mais je peux vous envoyer sa sœur si vous voulez. »

« Si mon fils n'est pas venu, c'est à cause de ses allergies. Pas la peine d'en faire tout un foin ! »

« Il est pas venu, mais moi, je sais pas pourquoi ! C'est vous, le prof, qui savez pourquoi il est pas venu parce que c'est avec vous qu'il allait. »

« Désolé que mon fils ne soit pas venu, je m'en suis servi pour mes besoins. »

«Mon fils n'ira pas à la cantine,
il n'est pas dans son assiette…»

«Je confirme que c'est bien la deuxième fois que mon fils ne pourra pas venir pour assister à l'enterrement de son grand-père. Nous sommes une famille recomposée et il lui reste encore un grand-père et trois grands-mères.»

«Ma fille était un peu malade et elle est restée à la maison, car elle était pompette à cause du grog que je lui ai donné.»

«Désolé pour ma fille en retard,
c'est pour ça qu'elle était en retard.»

«Si ma fille n'est pas venue hier, c'est parce qu'elle était morte. Maintenant, elle va mieux.»

«Je m'excuse pour mon fils qu'est retardé.»

Monsieur et Madame...

Monsieur et Madame **Ardelpic** ont un fils. Comment l'appellent-ils ?
Helmut (Hé ! La moutarde, elle pique !).

Monsieur et Madame **Pluy** ont une fille. Comment l'appellent-ils ?
Aude (Eau de pluie).

Monsieur et Madame **Info** ont une fille. Comment l'appellent-ils ?
Hélène (Elle est nympho).

Monsieur et Madame **Inteste-Hinal** ont une fille. Comment l'appellent-ils ?
Flore (Flore intestinale).

Monsieur et Madame **Ioblige** ont un fils. Comment l'appellent-ils ?
Modeste (Modestie oblige).

Monsieur et Madame **Istantaladoul-Heure** ont une fille. Comment l'appellent-ils ?
Thérèse (T'es résistante à la douleur ?).

Monsieur et Madame **Iztaiguin** ont un fils. Comment l'appellent-ils ?
Maxime (Maximise tes gains).

Monsieur et Madame **Connepa** ont un fils. Comment l'appellent-ils ?
Amédée (Ah, mais déconne pas !).

Monsieur et Madame **Kaitamair** ont une fille. Comment l'appellent-ils ?
Jenny (J'ai niqué ta mère).

Blagues coquines

Un type voit son copain arriver avec la moitié du visage tout bleu…
– Que t'est-il arrivé ?
– C'est un hématome.
– Oh, la vache ! Comment tu t'es fait ça ?
– Ben… hier, ma femme avait mis sa petite robe rose qui lui arrive juste au-dessous des fesses. Elle était super excitante, je n'ai pas résisté : quand elle s'est penchée au-dessus du congélateur, je l'ai prise par-derrière ! Et là… pan ! Je me suis pris un méchant coup de gigot congelé dans la gueule !
– Oh mince… C'est la première fois que tu la prenais comme ça ?
– Au supermarché, oui.

Melon et Melèche aiment les jeux d'argent.
Melon le casino et Melèche la bourse.

Quel est le comble pour un éjaculateur précoce qui se rend à une réunion d'éjaculateurs précoces anonymes?
D'arriver trop tôt.

Un journaliste se rend dans un village perdu des Pyrénées et interviewe un habitant :
– Vous arrive-t-il, dans un village aussi isolé que le vôtre, de vous réunir et de partager des moments de convivialité ?
– Oui, ça arrive… Un jour, commence à raconter le villageois, un mouton s'est perdu dans la montagne. Les hommes du village se sont tous réunis, on l'a cherché pendant deux jours, et lorsqu'on l'a enfin retrouvé, on l'a tous baisé !
– Ah… fait le journaliste, gêné. Et, dans votre village, quel est le moment le plus heureux que vous ayez vécu ?
– Ben… un jour, la femme de mon voisin s'est perdue dans la montagne. Tous les hommes du village se sont réunis et nous l'avons cherchée pendant trois jours et deux nuits ! Lorsque nous l'avons enfin retrouvée, on l'a tous baisée !
– Bien, bien… fait le journaliste, désemparé. Euh… dans ce cas, pourriez-vous plutôt me raconter un événement triste ?
– Eh ben… un jour, je me suis perdu dans la montagne…

Trop blondes

Une blonde qui fait ses courses met une boîte d'allumettes dans son caddie. Lors de son passage en caisse, la caissière fait remarquer à la cliente :
– Vous avez vu ? La boîte d'allumettes que vous avez prise a été ouverte, elles sont toutes grillées !
– Oui, merci, fait la blonde. J'ai vérifié si elles marchaient bien toutes !

Une blonde attend depuis plus de deux heures devant un passage piéton… Les voitures s'arrêtent pour la laisser passer, mais jamais elle ne s'engage pour traverser. Une femme qui l'a remarquée se décide à aller lui parler :
– Bonjour, mademoiselle ! Vous souhaitez que l'on vous aide à traverser ? Vous avez un problème ?
– Non, merci ! J'attends pour traverser.
– Mais vous attendez quoi au juste ?
– Un monsieur m'a dit qu'ici, il fallait que je traverse avec Prudence. Alors j'attends Prudence… Ce n'est pas vous, par hasard ?

Une blonde se rend dans une pharmacie :
– Vous auriez un insecticide ? demande-t-elle au pharmacien.
– Un insecticide ?
– Oui, le docteur m'a dit que je n'avais rien, juste peut-être un peu de cafard…

C'est le premier jour de classe d'une jeune institutrice blonde :
– Bonjour, les enfants ! Allez, ouvrez tous vos ardoises page 12 !

Pourquoi le cerveau des blondes est-il gros comme un petit pois le matin ?
Parce qu'il gonfle pendant la nuit.

Le père de trois jeunes filles blondes demande à sa femme, qui est en train de préparer le repas :
– Où sont les légumes ?
Et sa femme lui répond :
– Elles ne sont pas encore rentrées de l'école.

Perles des assurances

« Mon passager a perdu deux de ses jambes. »

« L'analyse de sang a dit une teneur
de 1,80 euros d'alcool. »

« Les dégâts sont les suivants :
– rayures partout sur le côté gauche ;
– cabossé là où il y a les rayures et là où il n'y en a pas aussi ;
– derrière écrasé (comme il faut) ;
– nez enfoncé (pas trop) ;
– phare avant gauche (par rapport à quand on est au volant) cassé. Verre irrécupérable. »

« Pouvez-vous me dire quand votre expert doit passer
pour que je puisse l'accueillir comme il faut ? »

« Tous mes os ont été remis dans l'ordre à l'hôpital. »

———

« Il paraît que c'est grâce au père Fusion
que je suis toujours en vie. »

———

« Les freins ne me répondaient plus. »

———

« Vous trouverez deux constats. Merci de prendre
celui qui m'avantage le plus. »

———

« Pourquoi chercher des noises ? Je vous paye tous les ans pour que vous me remboursiez, un point c'est tout. »

———

« Ma voiture a entièrement brûlé avec les vêtements
de ma femme qui était dedans. »

———

« Ma voiture n'en a fait qu'à sa tête et à sa queue. »

———

La ronde des métiers

Chef d'orchestre

Un chef d'orchestre interrompt les répétitions d'un grand concert :

– S'il vous plaît, moins fort, la grosse caisse !

Le premier violon lui répond :

– La grosse caisse n'est pas là, chef !

– Très bien ! Vous lui direz quand elle sera là…

Femme de ménage

Deux femmes discutent en prenant le thé :

– Ma femme de ménage est d'une honnêteté maladive !

– Ah bon ?

– Oui ! Jamais elle n'a volé dans mon porte-monnaie, pris de l'argenterie, rien n'a jamais disparu ! Même la poussière reste toujours là…

Gendarme

Deux gendarmes à motos stationnent au bord d'une route. L'un d'eux se gratte la tête.

– Tu te grattes la tête sans retirer ton casque ! lui fait remarquer l'autre.
– Eh ben quoi ? Tu te grattes bien les couilles sans retirer ton caleçon !

Serveur

– Garçon ! Que sont ces œufs dans mon assiette ?
Le garçon regarde de plus près et annonce :
– Ce sont des œufs de mouche, monsieur.
– Vous vous foutez de moi ? Des œufs de mouches dans mon assiette !
– Et alors ?! Qu'est-ce que vous voudriez pour ce prix-là ? Du caviar ?

Magicien

Dans une maternité, plusieurs futurs papas attendent impatiemment que leur femme accouche. Soudain, une sage-femme pénètre dans la salle d'attente et dit :
– Lequel d'entre vous est magicien ?
– C'est moi, madame ! dit un homme en se levant. Alors, elle a accouché ?
– Oui, félicitations ! Vous êtes l'heureux papa d'un beau lapin de quatre kilos !

Humour noir

Un professeur demande à chacun de ses élèves de venir le lendemain à l'école avec un appareil électrique. Le lendemain matin, certains enfants ont amené un grille-pain, d'autres un sèche-cheveux, ou encore un train électrique, un fer à repasser, une radio… Un enfant, lui, a amené une grosse caisse montée sur des roulettes. Le professeur s'étonne :

– Qu'est-ce que tu nous as amené ? Quel est donc cet appareil ?

– C'est un poumon d'acier, m'sieur !

– Ah bon ? Et où l'as-tu trouvé ?

– Il est à mon grand-père, m'sieur !

– Et il n'a rien dit pour que tu l'amènes à l'école ?

– Si ! Il a fait : « Pffffffffffffff… »

Une femme monte dans un taxi. Au bout de quelques kilomètres, elle tapote l'épaule du chauffeur pour lui montrer où elle souhaite qu'il s'arrête. Le taxi panique,

perd le contrôle de son véhicule et termine sa course contre un mur.
– Excusez-moi, dit la femme. Je ne pensais pas que réagiriez comme ça !
– C'est ma faute ! avoue l'homme. C'est ma première journée comme taxi. Avant, je conduisais un corbillard…

Un jeune enfant mendie dans la rue. Une vieille dame a pitié de lui et lui tend un gros billet…
– Mon pauvre petit ! C'est parce que tu as faim que tu mendies dans la rue ?
– Non, m'dame ! C'est parce que mon père a soif !

Épitaphe
Ci-gît,
Drophyle.
N'était pas coton…

Une institutrice demande à un de ses élèves :
– Durant cette année scolaire, qu'est-ce qui t'aura le plus frappé ?
– Mon père, m'dame…

Blagues à papa

Comment s'appelle le Chinois le plus rapide du monde ?
WOOOOOOOONNNGGGGG !!!

Comment s'appelle le nain le plus idiot ?
Le nain Bécile !

Deux chiens regardent la télévision.
– On est sur quelle chienne ? demande le premier.
– Canal puce ! lui répond l'autre.

Pourquoi les Martiens ne renversent-ils jamais leur café sur la table ?
Parce qu'ils ont des soucoupes !

Quel est le pluriel de « salaire » ?
C'est « risoire » ! Car on dit : « Un salaire dérisoire... »

Comment les Esquimaux appellent-ils les hémorroïdes ?
Des Polaroïds.

Comment s'appelle l'inventrice de la touche « bis » du téléphone ?
Sarah Pèle.

Pourquoi les chameaux ne travaillent-ils que six jours sur sept ?
Parce que le septième jour, c'est le repos hebdromadaire !

Que font les musiciens lorsqu'ils sont fatigués ?
Ils jouent de la musique de chambre.

Quelles sont la marque et la finition de voiture préférées d'un présentateur de télévision ?
L'Audi mate !

Comment éternue une tomate ?
En faisant : « Keeeetchuuuup ! »

Je suis c'est comme

J'aime le sporc. C'est un sport, je suis champion de la grillade de saucisses au barbecue !

Il fait un froid de panard. C'est comme un froid de canard, mais c'est aux pieds que j'ai froid.

J'ai dormi dans les bras de morflé. C'est comme Morphée, mais vu ma gueule au réveil…

Je souffre du syndrome de Gilles de La Fourchette. C'est comme celui de La Tourette, mais moi, je n'insulte que quand j'ai faim !

Je trabâille trop. C'est comme travailler, mais suis hyper fatigué…

Je me suis paché. C'est comme taché, mais pas cette fois-ci.

Je suis au bout du goulot. C'est comme au bout du rouleau, mais je n'ai même plus de bouteille à vider !

Je vais à une soirée kestumée. C'est comme une soirée costumée, mais je ne sais pas quoi mettre…

Je suis du boir. C'est comme être du soir, mais pour picoler.

Je suis maginale. C'est comme être vaginale, mais le matin seulement.

Rien ne matin. C'est comme rien ne m'atteint, mais c'est seulement parce que je dors encore…

J'ai le vague anal. C'est comme le vague à l'âme, sauf que j'en ai plein le cul.

Drôles d'animaux

Deux tortues mâles discutent :
– Mais qui est cette tortue qui s'éloigne, là-bas ?
– C'est ma femme, lui répond l'autre, elle m'a quitté il y a deux mois…

Un homme parle de son chien à son meilleur copain :
– Mon chien est extraordinaire ! Si je lui fais sentir une patte de lapin, il me ramène un lapin ! Si je lui fais sentir une plume de faisan, il me ramène un faisan !
– Ah bon ? Alors ne lui fais surtout pas sentir ta femme, il pourrait te ramener mes couilles…

Quelle différence y a-t-il entre un taureau et un roi ?
Aucune, ils pénètrent tous les deux dans l'arène…

Pourquoi les chiens ne peuvent-ils pas être psychanalysés ?
Parce qu'on leur interdit le canapé !

Avec quoi les souris se maquillent-elles ?
Avec du masque à rat.

Un type entre dans un bar et voit un énorme molosse assis aux pieds d'un gars au comptoir.
– Euh… Il est gentil votre chien ? demande le client, très impressionné par la bête.
– Oui ! fait l'homme au comptoir. Il est super mignon ! Mes enfants jouent tout le temps avec lui…
L'homme s'installe donc au comptoir, tout près du chien.
– Et on peut le caresser, votre chien ?
– Oui ! Il adore ça ! Il aime aussi qu'on lui gratte le ventre…
L'homme approche donc sa main du gros chien, mais avant qu'il n'ait eu le temps de le toucher, le chien lui attrape la main et la lui mord violemment !
– Hé !!! Vous avez dit qu'il était gentil, votre chien ! dit l'homme en regardant sa main ensanglantée.
– Mon chien ? Il est super gentil, mon chien ! Par contre, celui-là, ce n'est pas le mien, et mieux vaut ne pas s'en approcher…

Les copains, les copines

Un type fait une confidence à un ami :
– Je me suis fait raser le sillon interfessier.
– Ah ! Je connais un vieux dicton dit que « l'homme qui nettoie sa maison, attend certainement une visite » ...

Un type demande à son copain :
– Dis-moi... Tu aimes les femmes grosses ?
– Non...
– Et celles qui ont les seins qui tombent ?
– Ha, ha, ha ! Oh non !
– Et les femmes qui ont de la cellulite sur les fesses et la culotte de cheval ? Tu les aimes ?
– Beurk ! Pas pour moi !
– Et celles qui ont des bourrelets sur le ventre ? Dis-moi franchement, est-ce que tu les aimes ?
– Oh là ! Non ! J'aime pas ça !
– Alors, explique-moi une chose : pourquoi tu baises ma femme ?!

– Les femmes me réussissent ! déclare un type à un pote.
– À part ta mère…

Une femme part en vacances avec sa meilleure amie.
– Comment t'organises-tu pour tout le temps te faire offrir des voyages par ton mari ?
– C'est simple. Je lui dis que je le quitte et que je rentre habiter chez ma mère, et, à chaque fois, il me donne de l'argent pour que j'achète mon billet d'avion.

Un type rentre dans un bar et s'installe au comptoir, à côté d'un copain.
– Je te parie cinquante euros que tu ne devines pas pourquoi je viens te voir !
– Si ! Tu es venu pour que je te prête de l'argent !
– Perdu ! Donne-moi cinquante euros !

Un type se confie à un copain :
– Quand j'ai épousé ma femme, c'était un thon…
– Et maintenant ?
– Maintenant qu'elle a pris du poids, c'est une tonne !

Comment emmerder le monde

Marchez au milieu du trottoir et contraignez ceux que vous croisez à faire un écart pour passer.

Téléphonez tout en croquant et en mâchant bruyamment une pomme.

Juste pour le plaisir, incrustez-vous au milieu des longues files d'attente.

Apprenez à vos enfants à toujours répondre au téléphone et à systématiquement demander : « C'est de la part de qui ? », puis « C'est pour quoi ? »

Servez-vous de l'interphone du péage automatique de l'autoroute pour demander votre route.

En commençant par dévoiler la fin, racontez tout le film à une file d'attente devant un cinéma.

Prenez les escalators à l'envers, si possible avec des bagages.

Lisez un livre ou bien demandez que l'on allume la télévision lorsque vous êtes invité chez quelqu'un.

Au cinéma, éclatez de rire pendant toutes les scènes tristes.

Entêtez-vous à appeler une femme « monsieur » ou un homme « madame ».

Renversez un seau d'eau sur un vacancier qui bronze paisiblement et excusez votre enfant de sa maladresse.

Enlevez vos chaussures en société si vous avez la chance de sentir des pieds.

Drôles de couples

Un homme est excédé de voir sa femme revenir encore une fois à la maison avec des emplettes :
– Qu'est-ce que tu as encore acheté ?!
– Deux ou trois petites robes... lui répond timidement la femme.
– Petites, petites... Ça ne change pas le prix, ça ! Franchement, ne me dis pas que tu en avais besoin ! C'est maladif, chez toi ! Il faut toujours que tu achètes !
– Oui, mais... c'est encore le diable qui m'a tentée !
– Le diable... Le diable... J'sais pas, moi... T'as qu'à dire : « Va-t'en, Satan ! »
– C'est ce que j'ai fait, chéri !
– Ah oui ? Et qu'est-ce qu'il a fait, Satan ?
– Il est passé derrière moi et il a dit : « Elle vous va encore mieux de dos ! »

Comme tous les jours, un homme achète un bouquet de fleurs.
– Je vais prendre ce bouquet, s'il vous plaît ! Et ce sera certainement le dernier de ma vie que je viens vous acheter...

– Ah bon ? Que se passe-t-il ? Voilà un mois que vous venez m'acheter des fleurs tous les jours ! Vous allez rompre ?
– Non, pas du tout ! Je la demande en mariage ce soir !

Une femme rentre chez elle un peu tardivement…
– Où étais-tu ? lui demande son mari.
– Je suis allée faire quelques courses. Il manquait du papier toilette, des tampons hygiéniques, des mouchoirs…
– Ah ben, dis donc ! s'écrie le mari, ça coule de partout !

Une femme lit l'horoscope :
– Et merde !!! crie-t-elle. Merde et re-merde !
– Qu'est-ce qu'il se passe ? demande son mari.
– Tu serais né un jour plus tôt, tu serais doux, attentionné, courageux et bon amant ! Meeerde !

Un couple se dispute :
– Pourquoi veux-tu toujours avoir raison ? reproche le mari à sa femme.
– Mais pas du tout ! lui répond-elle. C'est totalement faux ! D'ailleurs, il n'y a toujours que deux solutions : soit j'ai raison, soit tu as tort…

Trop blondes

Dans la rue, deux blondes remarquent des flammes qui s'échappent de la fenêtre d'un immeuble.
– Vite, il faut appeler les pompiers ! Il y a le feu dans cet appartement !
– C'est quoi, le numéro ?
– Compose le 18 !
– J'peux pas, mon clavier ne va que jusqu'à 9 !
– Bah… T'as qu'à taper deux fois le 9 !

Un homme très riche téléphone à sa femme blonde :
– Chérie, des inspecteurs vont venir à la maison pour contrôler mes biens ! Fais en sorte de tout mettre à ton nom !
Trois heures plus tard, le mari rentre chez lui…
– Alors, ils sont venus ? demande-t-il inquiet à sa femme.
– Oui, ils ont tout contrôlé, mais rassure-toi, j'ai mis ce qui vaut le plus cher à mon nom !

– Ouf! Comment as-tu fait?
– Ben… pour tous les tableaux de Renoir, de Picasso, de Dali et le Van Gogh, j'ai pris du détergent, j'ai effacé les signatures, et avec un feutre noir, j'ai écrit « Vanessa » !

Une blonde fait construire deux piscines dans son jardin…
– Pourquoi deux piscines? lui demande l'un des ouvriers.
– Ben… une pour nager, et l'autre sans eau dedans pour ceux qui ne savent pas nager!

Quelle différence y a-t-il entre une tomate et une blonde?
On ne sait pas lequel des deux est un légume.

Une blonde se présente en retard à son premier cours de badminton en tenant un veau en laisse.
– Mais qu'est-ce que c'est que ce veau?! s'écrie le prof.
– Ben… vous m'avez demandé de venir avec un veau lent…

Les questions cons

Quand on marche de travers en sortant d'un restaurant chinois… est-ce à cause du saké ou des chips au crabe ?

Pourquoi se souvient-on toujours d'avoir oublié un truc mais jamais quoi ?

Un canard chez un psy… c'est un canard qui se confie ?

À Tel Aviv… le temps est-il toujours Mossad ?

Ceux qui prennent toujours la mouche… ils pourraient pas prendre les moustiques, au passage ?

Si quelqu'un tue un tueur… le nombre de tueurs dans le monde change-t-il ?

Des chauves qui complotent… sont-ils de mèche ?

Ceux qui disent attirer les filles comme les mouches… est-ce parce que ce sont des merdes ?

Quand une femme a une idée en tête… n'est-il pas plus facile de lui enlever la tête que l'idée ?

Un voleur de calendrier… Il risque de prendre combien de mois ?

Le problème du matin… n'est-il pas que c'est trop tôt ?

Le pet d'un cervidé… est-ce un gaz à effet de cerf?

Devinettes

Quel solide peut passer à l'état gazeux sans passer par l'état liquide ?
Les haricots blancs.

—

Si, à l'aide d'une corde longue de dix centimètres, on accroche un poids de quarante kilos à la couille gauche d'un homme, et à l'aide d'une corde de vingt centimètres, un poids de cinquante kilos à sa couille droite, quelle corde va lâcher la première ?
La corde vocale !

—

Comment se nomme la fée qui réunit toutes les autres fées ?
La fée Dératrice.

—

Quel point commun y a-t-il entre les paysans et la banque du sperme ?
La semence…

Pourquoi la France et l'Angleterre sont-elles si proches ?
Parce qu'elles se tiennent par la Manche.

Comment savoir si une brune vous a pardonné ?
Lorsqu'elle cesse de laver vos vêtements dans la cuvette des toilettes.

Comment faire pour qu'une brune change d'humeur ?
Attendez dix secondes…

Pourquoi y a-t-il beaucoup de vols en septembre ?
Parce que c'est la rentrée des casses !

Qu'est-ce qu'un piéton ?
Un automobiliste qui se rend à sa voiture.

Atroces et bien dégueues

Un chasseur demande à sa femme :
– Tu viens à la chasse avec moi ?
– Non, tu sais bien que ça ne m'intéresse pas...
– Tu connais la condition ? précise le chasseur à sa femme. Si tu ne viens pas, tu me suces ou je t'encule !
– Oui, oui... Je sais...
Sa femme lui fait donc une fellation et son mari part chasser. Le lendemain, le chasseur redemande à sa femme :
– Tu viens à la chasse ?
– Non, je n'ai pas le temps de venir... Je connais la condition...
La femme commence donc une fellation et se met à cracher, l'air écœuré.
– Pouah !!! Ton sexe a un goût horrible ! Beurk ! Arrgh !
– Oui, le chien non plus ne veut pas venir...

Un homme se confesse :
– Mon père, j'ai un problème avec ma femme : elle ne veut pas me faire de fellation ! Elle dit que ça a trop mauvais goût !

– Ah… Eh bien, vous n'avez qu'à enduire votre sexe de Nutella ! lui conseille le curé.
– Vous pensez que ma femme va aimer ?
– Je ne sais pas, mais en tout cas, les enfants adorent !

Dans un restaurant italien, un homme attend désespérément d'être servi. Il est mort de faim, pressé, et ne veut plus attendre. À la table voisine, il a remarqué un type plongé dans son journal depuis maintenant trois quarts d'heure… Pourtant, il a devant lui une assiette encore fumante de spaghettis à la bolognaise qui ne demandent qu'à être mangés ! Discrètement, l'homme change de place et s'assoit en face de l'homme au journal. Il emprunte sa fourchette et commence à manger ses spaghettis. L'homme s'empresse d'en manger le plus possible avant que l'homme au journal ne le remarque. Soudain, il sort du plat de spaghettis un immonde peigne plein de longs cheveux blancs et gras. Il est pris d'un haut-le-cœur et vomit les spaghettis dans l'assiette. En face de lui, l'homme baisse son journal, le regarde et lui dit :
– Vous aussi, le peigne vous a fait vomir ?

Perles des garagistes

« Je n'arrive plus à lever mon levier. Même avec les deux mains ! »

———

« Je viens de la remplir. Elle est pleine. »

———

« En dix ans, elle a juste eu un petit coup devant et un petit coup derrière… »

———

« La pédale de gauche enfonce la pédale de droite. »

———

« Elle a été siphonnée, mais maintenant, ça va. »

———

« J'ai déchargé et effectivement… le cul s'est relevé ! »

———

« Je ne veux plus toucher aux pédales ! »

« Elle goutte… »

– Vous pouvez regarder l'autoradio ? Je n'arrive pas à mettre de cassettes.
– C'est un lecteur de CD…

« Je fais du pied à la pédale et elle ne répond pas ! »

« Elle frise à 160 km/h. »

« Je vous préviens : faites attention, ma femme a astiqué mon levier, il glisse des mains… »

« Elle a un petit coup dans l'aile… »

Hommes et femmes en blanc

Un docteur ausculte un patient :
– Vous avez des bleus sur tout le corps... Vous pratiquez des sports extrêmes ?
– Non, mais, de temps en temps, je contredis ma femme...

Un homme très inquiet se rend chez son médecin :
– Est-ce qu'il vous arrive de faire une erreur de diagnostic ?
– Absolument jamais, madame !

Un homme se rend chez son médecin, qui doit lui faire part du résultat de ses analyses...
– Alors, docteur ? Quels sont les résultats ?
– Quel est votre signe astrologique ? demande le médecin.
– Je suis Cancer.
– Quelle coïncidence !

Une femme se rend chez un psychologue.
– Quel est votre problème ? lui demande le psy.
– Je ne vais pas bien, je déprime… Personne ne m'aime !
– Et qu'est-ce qui vous laisse penser cela ?
– Ça fait deux jours que je n'ai eu aucun *like* sur mon Instagram !

Un type se rend chez un psychiatre et lui explique :
– Tous les matins, je chante durant tout le trajet jusqu'à mon travail ! Est-ce que je suis normal ?
Le psychiatre prend le temps de la réflexion et lui répond :
– Soit vous avez gagné au Loto… Soit vous vous droguez… Soit vous êtes l'un des sept nains !

Un homme se confie à un psychiatre :
– Je voudrais être moins jaloux… Je suis trop exclusif avec ma femme…
– Bien, poursuivez...
– Tous les soirs, elle va au bar de la Rotonde et elle baise avec tous les clients ! Ça me rend fou ! Nous avons essayé d'en parler, mais rien n'y fait. Tous les soirs, elle tient absolument à se rendre au bar de la Rotonde et à baiser avec tout le monde ! Je ne sais plus quoi faire…
– Bien. Je vais vous aider. Mais pour commencer, pouvez-vous me dire où se trouve ce bar de la Rotonde ?

Blagues à Toto

La maîtresse demande à sa classe de faire un devoir à la maison sur la façon dont naissent les enfants. Le soir, Toto interroge son grand-père :

– Pépé ! Raconte-moi comment tu es né !

– Je suis né dans un chou !

Plus tard, Toto demande à sa mère :

– Maman, comment tu es née ?

– Je suis née dans une rose, Toto !

– Ah… Et moi, comment je suis né ?

– C'est la cigogne qui t'a amené ! lui répond sa mère.

Le lendemain, la maîtresse demande à Toto de lui remettre son travail sur la conception des enfants, mais il ne lui rend rien…

– Eh bien, Toto ! Je pensais que le sujet allait t'intéresser ?

– Oui, ça m'intéresse ! Mais dans ma famille, il n'y a pas eu de conception naturelle depuis au moins trois générations !

Toto et ses parents partent en vacances. Dans la voiture, le papa demande a son fils :

– Tu vois la jolie forêt, là-bas ?

– Où ça ? fait Toto.
– Là, sur ta droite, maintenant !
– Non, je ne vois pas…
– Mais enfin ! C'est devant tes yeux !
– Je ne vois pas la forêt, les arbres cachent tout !

Toto se présente à la caisse d'un supermarché avec une boîte de lessive…
– Bonjour, Toto ! lui lance la caissière. C'est bien, c'est toi qui fais les courses aujourd'hui ?
– Oui, j'ai besoin de lessive pour laver mon chien !
– Oh ! Tu as acheté de la lessive pour le linge, je ne pense pas que ce soit bien pour les animaux !
– Je vais faire attention ! promet Toto, je ne vais pas en mettre beaucoup !
Le lendemain, Toto revient au supermarché acheter des bonbons…
– Alors, comment va ton chien ? s'empresse de lui demander la caissière.
– Il est mort…
– Oh, mon Dieu ! Je t'avais bien dit que la lessive n'était pas faite pour les animaux !
– Je ne pense pas que ce soit la lessive… répond Toto.
– Alors c'est quoi ?
– Je pense que c'est le cycle de rinçage…

Mots d'esprit

«Le seul moment où une femme écoute attentivement ce que dit son mari, c'est lorsqu'il parle en dormant.»

Jean Yanne

«Aujourd'hui, je n'ai pas les moyens d'avoir un yacht qui fasse mon bonheur... Mis à part au Scrabble!»

Patrick Sébastien

«Les Français m'agacent prodigieusement, mais comme je ne connais aucune langue étrangère, je suis bien obligé de parler avec eux.»

Michel Audiard

«Ceux qui ne savent rien en savent toujours autant que ceux qui n'en savent pas plus qu'eux.»

Pierre Dac

« Rien, ce n'est pas rien ! La preuve, c'est que l'on peut le soustraire. Exemple : rien moins rien égale moins que rien ! »

Raymond Devos

« Tous les hommes naissent comédiens, sauf quelques acteurs. »

Sacha Guitry

« Je suis suffisamment intelligent pour ne pas savoir que je suis un imbécile. »

Sim

« Les hommes sont toujours sincères. Ils changent de sincérité, voilà tout. »

Tristan Bernard

« Les femmes se divisent en deux catégories : les laides et les maquillées. Les mères étant à part. »

Oscar Wilde

Dieu & Co.

Un jour, Dieu ordonna à Bana de nier et Banania !

Qu'est-ce qu'une feuille de vigne posée entre deux pierres plates ?
C'est Adam qui repasse son slip !

Trois hommes se présentent aux portes du paradis. Saint Pierre s'adresse à eux :
– Vous avez amplement mérité que les portes du paradis s'ouvrent à vous. Vos enterrements auront lieu dans deux jours et je vous accorde la possibilité de faire prononcer à vos proches, durant la veillée funèbre, ce que vous souhaitez qu'ils disent de vous. Quels sont vos souhaits ? demande-t-il au premier.
– J'aimerais qu'ils disent de moi que j'ai été quelqu'un de bien et qu'ils ne m'oublieront jamais.
– Bien. Et vous ? demande saint Pierre au second.
– Moi, j'aimerais que mes proches disent de moi que j'ai été un excellent mari et un très bon père.

– Oui. Et vous ? demande saint Pierre au troisième.
– Moi… j'aimerais qu'ils disent : « Regardez ! Il bouge encore ! »

Samuel vient de trouver un emploi. Chaque mois, il redonne l'intégralité de son salaire à ses parents qui l'hébergent et le nourrissent encore. Le premier mois, il leur donne 1 500 euros. Le deuxième mois, il leur donne 1 485 euros. Le troisième mois, 1 482 euros. Sa mère vient alors le voir et lui dit :
– Samuel, dis-moi… Pourquoi dépenses-tu autant d'argent ? C'est qui, cette femme que tu vois ?

Alors que le curé sermonne l'assemblée réunie dans l'église, le diable en personne surgit de derrière lui ! L'assistance se lève d'un bond et s'enfuit du lieu saint en hurlant de terreur. Le curé se retourne et lui aussi se met à crier avant de s'échapper de l'église. Seul un homme reste paisiblement assis. Le diable s'approche de lui :
– Tiens ? Pourquoi n'as-tu pas peur de moi ? lui demande le diable.
– Oh, vous savez, moi, je suis marié depuis cinquante ans !

Trop blondes

Pourquoi les blondes se lavent-elles les cheveux dans l'évier ?
Parce que c'est là que l'on doit laver les légumes.

Une secrétaire surprend sa collègue blonde en train de jeter de l'huile sur l'écran de son ordinateur…
– Mais tu es devenue folle ! Qu'est-ce que tu fais ?!
– Le patron m'a dit de passer le texte en gras !

Une blonde à une copine :
– Tu peux me prêter ton briquet, s'il te plaît ? J'ai oublié le mien…
– Je ne fume pas ! Tu t'es mise à fumer, toi ?
– Non, mon portable s'est éteint, il faut que je le rallume.

– Tu connais la différence entre un âne et une blonde ?
– Non.
– Moi non plus…

Pourquoi les blondes ne donnent-elles jamais de nom à leur chat ?
Parce qu'on leur a dit qu'il fallait toujours appeler un chat « un chat ».

Quel point commun y a-t-il entre les blondes et les imprimantes ?
Elle se trouve canons, mais ce n'est qu'une impression…

Une blonde raconte à sa copine :
– J'ai encore eu un accident de voiture !
– Quoi ?!
– Oui ! Cette fois-ci, c'est à cause des vitres teintées…
– Je n'avais pas remarqué que ta voiture avait les vitres teintées !
– Elle ne les avait pas, c'est moi qui les ai teintées avec une bombe de peinture noire…

Contrepètries

Vos dames nous dérangent.
Vos dards nous démangent.

Mais que ces frites sont belles !
Mais que ces bites sont frêles !

Est-ce parce qu'elle s'en fout que son mari est mort ?
Est-ce parce qu'elle sent fort que son mari est mou ?

Je crois que cette coquine veut se faire plein de potes...
Je crois que cette cocotte veut se faire plein de pines...

Il faut changer les maths !
Il faut manger les chattes !

Tu veux bien démêler la corde?
Tu veux bien décoller la merde?

Encore des petits pois pour dîner?
Encore des petits doigts pour piner?

Essuie ça vite et bien!
Essuie sa bite et viens!

Je suis pressé pour dîner!
Je suis dressé pour piner!

Il bascula sur le terrain de l'enquête...
Il l'encula sur le terrain de basket...

Il court, il court, le furet!
Il fourre, il fourre, le curé!

Il l'avait conçu ainsi.
Il lavait son cul ainsi.

Atroces et bien dégueues

Quel avantage y a-t-il à divorcer d'une femme anorexique ?
On n'a pas besoin de lui verser de pension alimentaire !

– Dis, maman, quand est-ce qu'on a tata Églantine pour dîner ?
– Pas encore, il faut d'abord finir ta grand-mère.

Un homme et une femme ont tous les deux la particularité de sentir extrêmement mauvais. Les pieds de l'homme dégagent une odeur pestilentielle que l'on peut sentir à au moins vingt mètres et l'haleine de la femme est tellement fétide que les mouches cherchent en permanence à se réfugier dans sa bouche… Leurs odeurs corporelles sont un terrible handicap pour eux deux. Aucun ne parvient à entretenir de relations amicales et encore moins une relation amoureuse. Un jour, le hasard les fait se rencontrer alors qu'ils sont tous les deux enrhumés et que leur nez est bouché. L'homme qui pue des pieds et la femme qui empeste

de la bouche tombent immédiatement amoureux l'un de l'autre et consomment leur amour toute la nuit. Au petit matin, la femme se penche au-dessus du visage de l'homme et lui murmure :
– Il faut que je t'avoue quelque chose dont j'ai honte...
– J'ai deviné ! répond l'homme. Tu as mangé mes chaussettes !

Un gars entre dans une épicerie et demande :
– Vous avez du papier toilette ?
– Oui ! répond l'épicier. Quelle couleur voulez-vous ?
– Donnez-moi du blanc, je mettrai la couleur moi-même !

Un gars et une fille se roulent une pelle monstrueuse et plongent profondément leur langue dans la bouche l'un de l'autre. Soudain, la fille tousse et rougit :
– J'crois que j'ai avalé ton chewing-gum ! dit-elle.
– Non, répond le garçon. J'avais un chat au fond de la gorge...

Comment appelle-t-on un enfant qui ne chouine pas à chaque fois qu'on lui flanque une baffe ?
Un enfant mort.

La ronde des métiers

Tatoueur

Un type se rend chez un tatoueur, à qui il demande :

– Je voudrais que vous me fassiez une belle Ferrari sur le sexe !

– Ah ! Je suppose que madame aime les grosses voitures ?

– Non, je suis gay ! répond le client.

– Excusez-moi… Dans ce cas, voulez-vous que je tatoue un tracteur à côté de la Ferrari ?

– Un tracteur ! Pourquoi un tracteur ?

– Eh bien… Lorsque la Ferrari sera embourbée, elle aura bien besoin d'un tracteur pour la sortir de la merde !

Vendeur

Une très jolie jeune fille entre dans un magasin de tissu et demande au vendeur :

– Combien coûte ce tissu ?

– Un baiser le mètre ! lui répond le vendeur.

– Parfait ! Coupez-m'en six mètres !

Le vendeur, qui ne s'attendait pas à ce qu'elle accepte, rougit et découpe le tissu.
– Voilà ! C'est fait. Vous... vous pouvez me régler ?
– Bien sûr !
La jeune fille se retourne alors et lance :
– Grand-père ! Tu peux venir payer le monsieur ?

Notaire

Un notaire dicte une lettre à sa secrétaire, puis la relit :
– Je vois que vous avez commencé le courrier par « Cher ami », dit-il. Ce type est un voleur ! Changez l'en-tête, s'il vous plaît.
La secrétaire corrige alors le courrier et inscrit : « Cher confrère... »

Actrice

Un journaliste vient interviewer une vieille actrice qui habite au dixième étage sans ascenseur. Sa première question pour l'ancienne star est :
– Mais pourquoi habitez-vous si haut et sans ascenseur, madame ?
– Parce qu'à mon âge, lui répond-elle, c'est la seule solution que j'ai trouvée pour faire encore battre le cœur des hommes qui viennent me rendre visite...

Humour noir

Quel point commun y a-t-il entre une bombe et une mine antipersonnel ?
Ben voyons, ça saute aux yeux, pourtant !

Le 25 décembre au soir, un petit garçon dont les parents viennent de décéder est conduit à l'orphelinat… La directrice le reçoit et lui dit :
– Tu dois être bien triste… Des parents qui meurent le jour de Noël…
Pour lui changer les idées, elle lui demande :
– Dis-moi, as-tu au moins eu un sapin de Noël chez toi ?
– Oui… Un très, très gros et très, très grand !
– Ah ! Et le matin, as-tu trouvé quelque chose sous ton sapin ?
– Oui… Mes parents…

Comment distingue-t-on un anorexique riche d'un anorexique pauvre ?
L'anorexique riche a une Rolex autour de la taille !

Un fumeur qui est en phase terminale d'un cancer de la gorge dit à sa femme :
– À ma mort, je veux être incinéré et que l'on répartisse mes cendres dans le jardin.
– Ah non ! fait sa femme. Pas question que tu continues à nous emmerder à mettre des cendres partout !

Un bébé de 3 mois est en train de manger un journal... Son frère appelle sa maman à l'aide :
– Maman ! Maman ! Il est en train de manger le journal !
– C'est pas grave, c'est celui d'hier !

Qu'est-ce que la maîtresse ne demande jamais à un enfant nain ?
« Qu'est-ce que tu veux faire quand tu seras grand ? »

Un gamin de 8 ans arrive en courant vers son père et lui montre fièrement l'arc qu'il vient de fabriquer avec une branche de noisetier et un bout de ficelle :
– Regarde ce que j'ai fait, papa ! Un arc qui tire !
– Et alors ? fait dédaigneusement le père. Tu crois que je vais être fier de toi ? Regarde ce que les enfants de ton âge font, en Chine ! dit-il en lui montrant son smartphone.

Comment se débarasser des cons

La méthode sportive

Organisez de nouveaux sports, les plus cons le seront suffisamment pour y participer :

- le plongeon dans un bain d'acide ;
- la course à pied sur l'autoroute A10 ;
- la natation synchronisée en fosse septique.

La méthode Coué

Quand un con vous emmerde, répétez plusieurs fois : « Je vais bien, tout va bien ; J'entends rien, je vois rien ; Ce con est le mien, il vaut mieux que le tien ! »

Le cadeau anti-cons

Offrez-lui un safari pour une chasse à l'éléphant, ainsi qu'un fusil et des balles à blanc…

Les con-tacts!
Sur un réseau social, créez un compte réservé aux cons. N'y invitez à devenir vos amis que les cons qui vous entourent. Il s'agit pour vous d'un cheval de Troie car, votre invitation acceptée, le ver est dans le fruit: vos ennemis deviendront les ennemis de vos ennemis!

Le pot de glue
Un démarcheur à domicile sonne à votre porte... Toussez fort sur lui et annoncez-lui: «Je veux bien vous laisser entrer mais je vous préviens, j'ai la grippe! Mon fils a la gastro et le chien aime se frotter à la jambe de tous les nouveaux venus...»

Comment maintenir un con à distance
- À plus de cent mètres: après lui avoir donné rendez-vous dans un quartier voisin.
- À dix mètres: en l'utilisant comme cible pour lancer des fléchettes.
- À deux mètres: en menaçant d'éclater le gros bouton que vous avez sur le front.
- À un mètre: en gardant les bras tendus devant vous.
- À moins d'un mètre: en levant les bras sans avoir mis de déodorant.

L'abus d'alcool est dangereux pour la santé

– Euh… non, pourquoi ?
Le type se tourne alors vers son voisin de droite et dit :
– Alors, c'est toi qu'a renverse ta bière chaude sur moi ?
– Mais non ! C'est pas moi !
– Oh-oooh… fait alors le type après avoir réfléchi un instant.

———

Au comptoir d'un bar, un alcoolique demande à un autre :
– Qu'est-ce que tu as fait de plus surprenant dans ta vie, toi ?
– Moi ? Eh ben… un jour, j'ai pris un verre d'eau !

———

Un homme se rend chez son médecin et lui explique :
– Je ne peux plus boire de vin blanc, je fais une allergie !
– Ah bon ? Quand et comment se manifeste-t-elle ?
– Après la deuxième bouteille, je vomis.

———

Dans un aéroport, au comptoir d'un bar, deux types enfilent les verres les uns après les autres…
– Pourquoi buvez-vous autant ? demande le premier au second.
– Parce que j'ai peur de l'avion… Et vous ?
– Moi aussi ! Ça me fait plaisir de voir que je ne suis pas le seul passager à boire parce que j'ai peur de l'avion !
– Je ne suis pas passager, répond l'autre, je suis le pilote !

Au comptoir d'un bar, un gars dit à son copain :
– Tu savais que l'alcool était très calorique et qu'il diminuait l'élimination des graisses ?
– Non, je ne savais pas… Eh merde, je vais devoir arrêter de manger !

Un type rentre chez lui complètement bourré :
– Encore saoul ! hurle sa femme. Et comment es-tu rentré ? En voiture ?
– Ah non ! Je… j'ai promis que j'prenais plus la… la voiture quand… quand j'bois !
– C'est déjà ça !
– Par contre, c'est la première fois que… que j'conduis un car de ramassage scolaire !

Les copains, les copines

Une femme annonce à sa meilleure amie :
– Je vais suivre un régime ! Salade verte, pâtes et riz en alternance !
– C'est ton docteur qui t'a conseillé ce régime ?
– Non, c'est mon banquier…

– Je suis allée à la salle de sport pour la première fois, je suis claquée ! dit une femme a une amie.
– Tu as fait quoi exactement ?
– J'ai suivi le coach qui m'a fait visiter la salle.

Une femme demande à une amie :
– À ton avis, est-ce que mes seins sont plus beaux que les tiens ?
– Je ne sais pas…
– Et mes fesses ? Est-ce qu'elles sont plus belles que les tiennes ?
– Je n'en sais rien…

– Mon sexe… Mon sexe est-il plus beau que le tien?
– Tu m'énerves avec tes questions! Comment veux-tu que je sache? Si tu veux des réponses, demande à ton mari!

Un type se confie à un copain:
– J'en ai marre de vivre seul… Je désespère de rencontrer un jour quelqu'un!
– Et si tu passais une annonce? Genre « Homme cherche femme… »
– Je l'ai déjà fait!
– Et tu n'as pas eu de réponses?
– Si! J'ai reçu 174 courriers de types qui m'ont écrit: « Viens chercher la mienne! »

Un type à un copain:
– Tu fais quoi, toi, après l'amour?
– Je m'endors! Et toi?
– Moi, je m'en vais vite avant que tu rentres!

Un homme à sa femme:
– Au fait! L'autre jour, j'ai croisé ta copine dans la rue, mais elle ne m'a pas vu.
– Je sais, elle me l'a dit.

Les hommes les femmes

Comment un homme peut-il faire l'amour pendant plus d'une heure à sa femme?
En commençant une minute avant le passage à l'heure d'été!

Que peut faire une femme avec rien?
Une scène de ménage!

Pourquoi les femmes ne clignent-elles jamais des yeux pendant les préliminaires?
Parce qu'elles n'en ont pas le temps!

Quel point commun y a-t-il entre la langue d'une femme et la queue d'un chien?
Ça remue tout le temps!

Qu'est-ce qu'un homme intelligent, sensible et beau ?
Une rumeur.

Quel point commun y a-t-il entre les femmes et la philosophie ?
C'est dur à comprendre…

Pourquoi faut-il toujours évacuer les femmes et les enfants d'abord ?
Pour réfléchir, en silence, à une solution qui pourrait sauver tout le monde.

De quoi les femmes ont-elles besoin pour faire l'amour ?
D'être amoureuse.

Et de quoi les hommes ont-ils besoin pour faire l'amour ?
D'un endroit.

Comment emmerder le monde

Au drive d'un McDonald's ou d'un Quick, attendez toujours qu'une dizaine de mètres se libère devant votre véhicule avant d'avancer.

À la plage, plantez votre parasol devant quelqu'un pour lui cacher la vue de la mer et ne vous installez jamais dessous.

Servez-vous avec des mains très sales directement dans le plat.

Condamnez l'accès à vos toilettes lorsque vous avez des invités à la maison.

Passez en boucle les tubes de Frank Michael ou de Patrick Sébastien lorsque vous avez des invités à la maison.

Roulez 30 km/h en dessous des vitesses autorisées.

———

Chantez une chanson bien pénible jusqu'à ce que tout le monde ait l'air dans la tête.

———

Déplacez le caddie d'un autre client de votre supermarché dans un autre rayon.

———

En public, parlez avec un ami imaginaire.

———

Chez des amis, changez l'heure de leur radioréveil, four, micro-ondes…

———

Jetez un verre d'eau sur les bougies d'un gâteau d'anniversaire.

———

Mouchez-vous grassement lorsque d'autres mangent des huîtres !

———

Drôles de couples

Une femme annonce à son mari :
– J'ai été obligée de renvoyer la bonne !
– Ah bon ? Qu'a-t-elle fait ?
– Elle nous a volés !
– Oh ! Et quoi donc ?
– Elle a volé nos belles serviettes de toilette.
– Lesquelles ?
– Celles qui sont brodées « Grand Hôtel de Nice » !

Deux jours avant la Saint-Valentin, un homme interroge son épouse :
– Que souhaites-tu que je t'offre pour la Saint-Valentin ? Je n'ai pas d'idée… Des fleurs ?
– Pas original du tout !
– Du parfum ? Ça te ferait plaisir ?
– Dis aussi que je sens mauvais !
– Je ne sais pas, moi… Un week-end en amoureux ? Ça te dirait ?
– Pfff !
– Aide-moi, s'il te plaît ! Dis-moi ce que tu veux !

– Ce que je veux, c'est divorcer !
– Ah non ! Je n'ai pas prévu de dépenser autant !

Un homme pense que sa femme devient de plus en plus sourde. Afin d'en avoir le cœur net et alors qu'elle s'affaire dans la cuisine, il se place à une quinzaine de mètres d'elle, puis lui demande :
– Chérie, qu'est-ce qu'on mange, ce soir ?
Pas de réponse… Il s'approche à dix mètres et réitère sa question :
– Chérie, qu'est-ce qu'on mange, ce soir ?
Toujours pas de réponse… Il se place cinq mètres derrière elle et redemande :
– Chérie, qu'est-ce qu'on mange, ce soir ?
Toujours rien ! Il se positionne maintenant tout contre elle et repose sa question :
– Chérie, qu'est-ce qu'on mange, ce soir ?
Et sa femme lui répond enfin :
– Un gratin de pâtes ! C'est la quatrième fois que je te le dis ! ! !

Un enfant à son père :
– Dis, papa, pourquoi tu t'es marié avec maman ?
– Ah ! Toi aussi, tu te poses la question ?

Trop blondes

Au moment de la sortie des classes, devant une école maternelle, une blonde semble chercher son enfant… Une maman lui demande :
– C'est lequel, le vôtre ?
– Je ne sais pas, je n'ai pas encore choisi !

Pourquoi les blondes louchent-elles au moment de traverser la route ?
Parce qu'elles regardent à gauche et à droite.

Que fait une blonde pour éteindre la lumière ?
Elle ferme les yeux.

Une blonde demande à une guichetière blonde de la SNCF :
– Est-ce que vous pouvez me faire un tarif couple ?
– Vous êtes toute seule ?
– Oui.

– Alors je vais vous faire un tarif demi-couple.
– Merci !

Une blonde à une collègue :
– Mon téléphone est naze !
– Ah bon ? Il pourrait peut-être être réparé ?
– Non, je ne pense pas. J'ai téléphoné à un réparateur, il m'a dit que mon écran devait être gelé. Alors, j'ai mis le téléphone dans le micro-ondes…

Une brune à sa copine blonde :
– Tu penses avoir des enfants, toi, un jour ?
– Oui. Dès que je serai prête, je planterai un arbre généalogique !

Une blonde fait les cent pas devant une école. Intriguée, la directrice l'interpelle :
– Veuillez m'excuser, madame, mais… vous attendez un enfant ?
– Non ! Pourquoi ? Je suis si grosse que ça ?

Les questions cons

Avec tous ces gens qui nous font chier... comment peut-on encore avoir des problèmes de constipation ?

Si la perfection n'existe pas sur terre... d'où viens-je ?

Pour que l'on parle encore aujourd'hui de Damoclès... il devait péter super fort ?

Tout autour des panneaux « Pelouse interdite »... pourquoi y a-t-il de la pelouse ?

Que disent les Versaillais à leurs enfants quand ils laissent la lumière allumée ?

Les courses... peut-on les faire au marché en courant ?

Si on achète le lait en brique… il ne risque plus de tourner ?

———

Quand on est sourd… on n'entend pas sonner sa dernière heure ?

———

Ceux qui ne savent ni lire ni écrire trouvent-ils les nouilles en forme de lettres aussi bonnes ?

———

Adam avait-il un nombril ?

———

Comment peut-on savoir qu'un mot dans le dictionnaire a mal été orthographié ?

———

Le saumon fumé peut-il attraper le cancer du poumon ?

———

Puisqu'il y a autant de morts sur les routes, pourquoi ne peut-on pas rouler sur les trottoirs ?

———

Les belles-mères

Quelle peine risque un bigame?
Deux belles-mères.

Quelle différence y a-t-il entre un accident et une catastrophe?
Un accident, c'est quand votre belle-mère tombe par la fenêtre. Une catastrophe, c'est quand elle se relève…

Une belle-mère engueule son gendre:
– Mais vous ne m'écoutez donc jamais? Cela fait mille fois que je vous le dis et que je me tue à vous le répéter!
– Si, si! J'entends… mais je vous laisse mourir…

Une femme engueule son mari:
– Maman m'a téléphoné. La pendule que tu as refixée à son mur est tombée! Deux minutes plus tard, elle se la serait prise sur la tête!
– Ah…

– Heureusement, ma mère n'a rien ! La pendule est foutue, mais bon, c'est pas grave, elle a toujours eu du retard…
– Oui, et c'est bien dommage…

Un lundi matin, au bureau, un type accueille un collègue :
– Salut ! Tu as passé un bon week-end ?
– Bof ! Je devais enterrer ma belle-mère, et puis, finalement non…
– Tu n'as pas pu te rendre à son enterrement ?
– Non, c'est elle qui n'a pas voulu que je l'enterre.

Un gars annonce à son collègue que sa belle-mère, qui habite à Saint-Étienne, vient de décéder.
– Tu vas à l'enterrement ? lui demande ce dernier.
– Bien entendu, je ne vais pas manquer cette occasion ! Ma belle-mère était une fervente supportrice de l'AS Saint-Étienne, alors je lui ai fait graver une belle plaque que je vais déposer sur sa tombe.
– Qu'est-ce que tu as fait graver ?
– « Allez les vers ! »

Blagues coquines

Un homme souhaite faire l'amour à sa femme, mais celle-ci le repousse :
– Non, Chéri, j'ai mes règles…
– Ah… Alors par-derrière ?
– Non, Chéri, j'ai des hémorroïdes…
– Bien. Tu ne vas pas aussi me dire que tu as mal aux dents ?

Quel point commun y a-t-il entre le Paic citron et le sperme ?
Trois gouttes suffisent…
Et quelle différence y a-t-il entre le Paic citron et le sperme ?
L'un dégraisse, l'autre engrosse…

Comment appelle-t-on un homme dont la maîtresse porte des sabots et a du poil au menton ?
Un berger !

Un homme rencontre une jeune femme et tous deux se rendent dans un hôtel pour y faire l'amour. La jeune femme accepte de se laisser attacher au lit, mais trois minutes plus tard, l'homme a déjà terminé son affaire… Il demande alors à la fille, toujours attachée :
– Tu sais pourquoi on me surnomme « la foudre » ?
– Je pense avoir compris que c'est pour ta rapidité…
– Non ! répond l'homme toujours en érection, c'est parce que je ne frappe jamais deux fois au même endroit !

Dans les plaines du Far West existait un bordel où la mère maquerelle était capable de faire bander puis débander un homme rien qu'en sifflant. Tous les cow-boys de la région se rendaient dans cette maison de passe, curieux de vivre cette expérience. Et effectivement, à chaque fois qu'un cow-boy payait pour une fille, la tenancière sifflait et il bandait. Lorsqu'il avait terminé avec la fille, elle sifflait, et il débandait. Un jour, un vieux papy se présenta :
– Bonjour, vieil homme ! Tu souhaites voir une fille ?
– Oui, mais… j'peux plus bander du tout…
La mère maquerelle siffla et aussitôt, le vieux banda ! Il empoigna alors deux revolvers et, le sexe tendu, se mit à hurler :
– Le premier qui siffle, je le bute !!!

Atroces et
bien dégueues

Une petite fille dit à sa mère :
– Maman ! Tu peux ouvrir l'eau pour remplir la piscine ?
– Non ! Continue comme ça !
– Mais maman ! Tu peux ouvrir l'eau ?
– J'ai dit non, c'est trop cher ! Si tu veux te baigner, continue à cracher dedans !

Une femme à son mari :
– Tu me donnes tes affaires sales que je les lave, s'il te plaît ?
– Oui, mais il faut attendre que le programme soit terminé.
– Tu as lancé une machine ?
– Oui, tu m'as dit de laver le bébé…

Un type se confie à un ami :
– J'ai une nouvelle petite copine, mais elle est bizarre…
– Ah bon ?
– Ouais. Elle a des fantasmes un peu étranges.
– Dis-moi !

– Ben… quand je lui fais l'amour, elle n'arrête pas de me dire « Vas-y ! Baise-moi comme si j'étais une fille de 13 ans ! »
– Ah oui, quand même… Elle est super glauque, cette nana !
– Ouais, je ne comprends pas son délire. D'autant qu'elle aura ses 13 ans dans moins de six mois !

Une femme est en admiration devant le bébé qu'elle vient de mettre au monde…
– Et dire que si j'avais écouté ton père, lui dit-elle, je t'aurais avalé…

Un petit supplie son père :
– Papa, laisse-moi jouer avec grand-mère !
– Non.
– Allez, papa, laisse-moi jouer avec mémé !
– J'ai dit non, c'est non !
– Allez ! Papaaaaa ! S'il te plaîîît !
– Bon, d'accord… Mais c'est la dernière fois que je la déterre !

Un enfant est-il capable de faire cinq mille pompes en moins de seize heures ?
Oui, dans une usine de chaussures, en Chine…

On ne dit pas

On ne dit pas « Consensuel », mais on dit « Sexe attirant ».

On ne dit pas « Mine de rien », mais on dit « Il n'y a plus de charbon dans ce trou ».

On ne dit pas « Un guépard », mais on dit « Un homosexuel s'en va ».

On ne dit pas « Il a du cran », mais on dit « Il est frisé ».

On ne dit pas « J'ai lu Descartes ! », mais on dit « J'ai fait une partie de belote ! ».

On ne dit pas « J'ai fait un pot-au-feu », mais on dit « J'ai immolé mon copain ».

On ne dit pas « Attention aux coups de vent ! », mais on dit « Tu ferais mieux de serrer les jambes… ».

On ne dit pas « Un macchabée », mais on dit « Un hamburger catholique ».

On ne dit pas « Issue », mais on dit « Il transpire ».

On ne dit pas « J'ai mangé du thon en boîte », mais on dit « J'ai roulé une pelle à un laideron en discothèque ».

On ne dit pas « Un homme qui entre dans un bar », mais on dit « Un zoophile ».

On ne dit pas « Une période d'essai », mais on dit « Maintenant, c'est la mort ! ».

Blagues à Toto

Toto semble pensif…
– Tu rêves ? lui demande sa mère.
– Non, je pense…
– Ah ? Et à quoi penses-tu ?
– Je me dis que vous avez beaucoup de chance !
– Et pourquoi ?
– Parce que jamais je n'aurai un enfant aussi gentil et intelligent que le vôtre !

Toto annonce à sa maman :
– En rentrant de l'école, j'ai joué à The Voice !
– Ah bon ? C'est bien ! Il y en a qui se sont retournés après ton interprétation ?
– Oui ! J'ai pété dans le bus et quatre personnes se sont retournées !

La maîtresse demande à Toto :
– As-tu révisé ta leçon sur le passé simple ?
– Non, je n'ai appris que le passé compliqué…

Le jour de la rentrée des classes, Toto tente par tous les moyens de ne pas aller à l'école ; il se tord de douleur au sol…

– Qu'as-tu à te rouler au sol ainsi ? lui demande sa maman. Dépêche-toi, tu vas être en retard pour la rentrée !

– J'peux pas y aller ! répond Toto. J'ai trop mal au ventre. Je crois que j'ai une gastro-rentréite !

Le papa de Toto essaye d'encourager son fils :

– Il faut travailler, Toto ! Tu sais, dans la vie, les efforts sont toujours payants…

– Déjà que je ne veux pas faire d'efforts, si en plus il faut payer ! s'exclame Toto.

Toto demande à sa maman :

– Est-ce que ça fait mal, une balance ?

– Le pèse-personne ? Bien sûr que non ! lui répond-elle.

– Alors pourquoi tu hurles toujours quand tu montes dessus ?

Dieu & Co.

Un jour, Dieu ordonna à Kiri de coudre et depuis, Kirikou !

Quel saint a la plus grande auréole ?
Celui qui a la plus grosse tête !

Qu'est-ce qui est noir, blanc, vert, noir, blanc, vert, noir, blanc, vert ?
Deux bonnes sœurs qui se disputent pour un concombre !

Un curé de campagne est en train de réparer la clôture qui entoure le presbytère. Il a un gros marteau dans une main et il plante un piquet qu'il maintient avec l'autre main. Un gamin l'observe sans rien dire…
– Pourquoi me regardes-tu ? demande le curé au gamin.
– Parce que j'aimerais bien savoir ce que dit un curé quand il se donne un coup de marteau sur un doigt…

Samuel a emprunté de l'argent à son père, qui lui compte des intérêts au taux de 9 %. Samuel demande une explication :
– Dis-moi, tu me comptes 9 % d'intérêts alors que le taux légal est de 6 % ? Ce n'est pas bien, c'est un péché !
– Comment ça, un péché ? Mon fils, un 9 vu du ciel, c'est un 6 !

Un jour, Dieu ordonna à Mario de brosser et depuis, Mario Bros !

Un homme s'entretient avec un prêtre :
– Mon père, je ne bois plus, je ne sors plus avec les copains, je ne trompe plus ma femme et je ne frappe plus mes enfants… Maintenant, je fais du sport, je me couche tôt, je lis beaucoup.
– C'est bien, mon fils ! Mais… que ferez-vous lorsque vous sortirez de prison ?

Comment dit-on « cent euros » en hébreu ?
On dit : « Donne ! »

Monsieur et Madame...

Monsieur et Madame **Héjnou** ont une fille. Comment l'appellent-ils ?
James (J'aime ses genoux).

Monsieur et Madame **Huler** ont deux fils. Comment les appellent-ils ?
Yvon et Jacques (Ils vont éjaculer).

Monsieur et Madame **Kiaboa** ont un fils. Comment l'appellent-ils ?
Félicien (Fais le chien qui aboie).

Monsieur et Madame **Kulsurmonpihé** ont un fils. Comment l'appellent-ils ?
Arthur (Ahrrrrr ! ! ! Tu recules sur mon pied !).

Monsieur et Madame **Hienne** ont un fils. Comment l'appellent-ils ?
César (Césarienne).

Monsieur et Madame **Houhonbèze** ont une fille. Comment l'appellent-ils ?
Ondine (On dîne ou on baise ?).

Monsieur et Madame **Loétrosucrai** ont une fille. Comment l'appellent-ils ?
Samantha (Sa menthe à l'eau est trop sucrée).

Monsieur et Madame **Sonne** ont une fille et cinq fils. Comment les appellent-ils ?
Johnny, Baudoin, Jefferson, Anne, Harley, David (Je n'ai besoin de personne en Harley Davidson).

Monsieur et Madame **Javémaitrunpul** ont une fille. Comment l'appellent-ils ?
Gisèle (Je gèle, je vais mettre un pull).

Blagues à papa

Quel est le plus beau rêve d'un artiste indien ?
C'est de voir sa popularité monter en flèche !

Que signifient les lettres P et F sur les corbillards alsaciens ?
Pon Foyage !

Que faut-il faire pour qu'un camembert ne coule pas ?
Il faut lui apprendre à nager !

Quelle est la salade la plus explosive ?
La roquette.

Que fait Nabilla lorsqu'elle se rend à la plage ?
Bah… Elle va à l'eau, quoi !

Que dit une bouteille quand elle arrive en retard ?
« Excusez-moi, il y avait des bouchons... »

Qu'est-ce qu'un yaourt dans la forêt ?
Un yaourt nature !

Que se passe-t-il si on hurle trois fois « Dame blanche ! » une nuit de pleine lune ?
Ton conjoint, ta mère ou ton voisin te demande de fermer ta gueule !

Comment appelle-t-on un poil qui sent mauvais ?
Un poil pue bien.

Que dit Dracula avant de sortir ?
« J'irais bien boire un cou ! »

Que craint le papier toilette ?
D'être un jour au bout du rouleau.

Trop blondes

Un policier téléphone dans une société et ordonne à la standardiste blonde :
– Évacuez vite ! Une bombe va exploser dans cinquante-neuf secondes !
– Oh, mon Dieu ! s'écrie la blonde. Ne quittez pas, je vous reprends dans une minute.

Un policier interpelle une blonde qui vient de mal garer sa voiture :
– Madame ! Vous êtes garée à cheval sur un emplacement réservé aux deux roues !
– Bah oui ! Je n'ai mis que deux roues !

Une blonde annonce :
– Docteur, je crois bien que je ne suis pas malade !
– Ça tombe bien, je ne suis pas docteur !

Quel point commun y a-t-il entre les blondes est les crêpes ?
Dès qu'elles sont chaudes, on les retourne.

Une jeune brune téléphone à sa copine blonde :
– Salut ! Pourquoi tu n'es pas venue à ma fête d'anniversaire, hier ? Tu n'as pas reçu ma carte d'invitation ?
– Si ! Mais je ne pouvais pas venir, c'était écrit de 15 à 19… Et je n'ai que 14 ans !

Une blonde et une brune se disputent :
– Si tu étais dans ma tête en ce moment, tu comprendrais ! dit la blonde.
– Oh non ! Je ne veux surtout pas être dans ta tête !
– Et pourquoi ?
– Parce que j'ai trop peur du vide !

Une blonde et sa fille sont sur une plage. Le soleil se cache, le vent se lève et la température chute…
– Maman, dit la petite fille, je suis gelée !
Et la maman lui répond :
– Bonjour, Gelée, je suis Maman !

Blagues coquines

Un jeune couple convient d'un code pour se dire qu'ils ont envie de faire l'amour.
– Si j'ai envie de faire l'amour, dit le jeune homme, je te caresserai le sein droit. Et si je n'ai pas envie de faire l'amour, je te caresserai le sein gauche.
– D'accord, dit la jeune femme. Et moi, comment je fais ?
– Si tu veux faire l'amour, tu me caresses le sexe une fois.
– Et si je ne veux pas ?
– Tu me le caresses trois cents fois.

Une jeune fille se rend au confessionnal…
– Ma fille, quels sont vos péchés ?
– Tous les hommes m'appellent Marie !
– Je ne comprends pas…
– Marie a conçu un enfant sans pécher, n'est-ce pas ?
– Oui, c'est exact.
– Eh bien, moi, je fais exactement l'inverse : je pèche sans concevoir !

Une femme à son mari :
– Chéri, j'ai deux mots à te dire…
– Oui ?
– J'ai trouvé un magazine SM caché sous le lit !!!
– Ah… Et tu veux me punir ?

Dans une rue d'Amsterdam, un Belge frappe à la vitrine derrière laquelle se trouve une prostituée :
– C'est combien ? lui demande-t-il.
– 50 euros !
– Ce n'est pas cher pour du double-vitrage !

Pourquoi la position 69 est-elle recommandée pour les couples qui se disputent ?
Parce que c'est la meilleure manière pour qu'ils se taisent pendant 5 minutes !

Un type toque à la porte de son voisin de palier :
– Monsieur ! Lorsque vous vous absentez, votre chien hurle à la mort !
– Votre femme aussi, monsieur, votre femme aussi…

Idées à la con pour redresser la France

Lutte contre les discriminations raciales
Dans un paquet de bonbons, toutes les couleurs devront impérativement être représentées et en nombre égal.

Éducation
Remplacer l'enseignement de l'orthographe par des cours de texto.

Laïcité
Tous les bateaux doivent s'équiper de moteurs ou de rames. Le port des voiles est interdit.

Droit de grève
Lorsque les pilotes d'Air France souhaitent exercer leur droit de grève, les conducteurs de train de la SNCF seront réquisitionnés afin d'assurer le transport aérien.

Écologie
Pour lutter contre le trou de la couche d'ozone, mettre une bouteille vide en plastique dans le cul des vaches afin de récupérer leurs pets. Les bouteilles en plastique seront ensuite enfouies sous terre dans l'attente de trouver un moyen de recycler ces pets.

Politique internationale
Lors des premières années de son quinquennat, le Président doit apprendre à parler anglais pour, le jour où il maîtrisera la langue, s'occuper des affaires internationales.

Culture
Financer deux ministères qui s'occupent de la même chose est une aberration ! Il faut fusionner le ministère de la Culture avec celui de l'Agriculture.

Fin de vie
Les personnes en fin de vie, comme toutes celles souhaitant mettre fin à leurs jours, ont le droit de mourir dignement. Des guillotines en libre-service pourraient être mises en place dans les rues. Ces lieux de fin de vie seraient financés par la création de nouveaux espaces publicitaires exploités par JCDecaux.

La ronde des métiers

Conducteur de train à la SNCF

Une femme pleure sur le quai d'une gare… Un conducteur passant par là lui demande :

– Vous avez besoin d'aide ? Pourquoi pleurez-vous ?

– C'est à cause des exercices de calcul que je faisais en primaire…

– Ah… C'est-à-dire ?

– Eh bien… Tout ce temps passé à calculer les heures de départ et d'arrivée des trains, et aujourd'hui s'apercevoir qu'il n'y en a pas un à l'heure et qu'on s'est bien foutu de ma gueule…

Chauffeur de bus

Un type monte dans un bus et lorsque celui-ci redémarre, il se met à hurler :

– Ceux qui sont derrière moi sont des gros bâtards ! Ceux qui sont à ma gauche sont des gros PD ! Ceux qui sont à ma droite? des grosses fiottes ! Et ceux qui sont devant moi sont des gros enculés !

– Le chauffeur entend tout et, son sang ne faisant qu'un tour, donne un grand coup de frein pour stopper

le bus. Les passagers sont bousculés et tous projetés vers l'avant. Le chauffeur se lève d'un bon de son siège, saute sur l'individu, l'attrape par le col et crie :
– Alors ? Redis-moi un peu qui c'est les enculés, les PD, les fiottes, les bâtards ?! Hein ! C'est qui ?!
Et le type lui répond :
– Ben… Comment je pourrais savoir maintenant que tu les as tous mélangés, connard ?!

Gendarme

Un gendarme fait signe à un camion transportant du bois de s'arrêter.
– Où allez-vous ? demande le gendarme au chauffeur.
– Je vais à la scierie…
– La Syrie ? Mains sur la tête ! Descendez !

Huissier

Un huissier sonne à une porte, un enfant lui ouvre, puis appelle sa mère :
– Maman ! C'est encore un huissier ! Tu as de l'argent où tu veux que j'aille jouer dehors ?

Humour noir

Un homme accusé de féminicide est interrogé par le président du tribunal :

– Reconnaissez-vous avoir frappé votre femme ?

– Oui, mais je l'aimais…

– Reconnaissez-vous l'avoir ensuite étranglée ?

– Oui, sachez que je l'aimais beaucoup…

– Est-ce bien vous qui avez porté douze coups de couteau dans l'abdomen de votre femme ?

– Oui, je l'aimais tant !

– Et enfin, est-ce toujours bien vous qui avez jeté son corps dans la rivière ?

– Oui, je l'aimais à la folie…

Le président du tribunal et les membres du jury se retirent pour délibérer. Lorsqu'ils reviennent, le président annonce au criminel :

– Vous êtes condamné à vingt ans de prison ferme !

– Je le savais !

– Comment le saviez-vous ?

– Parce que quand on aime, on a toujours vingt ans !

Un enfant arrive en courant vers sa mère :
– Maman ! Maman ! Papa, il va sauter par la fenêtre !
– Ah bon ? Pourtant, je lui ai bien dit qu'il avait des cornes, pas des ailes !

Quand les suicidaires sortent-ils dehors ?
Lorsqu'il pleut des cordes.

Au comptoir d'un bar, un type noie sa solitude dans l'alcool.
– Pourquoi tu bois, toi ? demande-t-il à son voisin.
– Parce je viens encore d'emballer une super meuf !
– Hein ?! Et moi qui picole parce que je n'arrive même pas à emballer un thon ! Comment tu fais pour emballer ?
– C'est grâce à mon métier...
– Chanteur ? Acteur ?
– Non, médecin légiste...

Épitaphe
Ci-gît,
Pothèque.
Combien me donnez-vous pour ma demeure ?

Contrepètries

Il ment debout !
Il bande mou !

Tu préfères la fine ou l'épaisse ?
Tu préfères la pine ou les fesses ?

As-tu déjà vu la tonte des brebis ?
As-tu déjà vu la bite des Bretons ?

Le tout est trop confus.
Le con est trop touffu.

Mais que fait cet éléphant dans la menthe ?
Mais que fait cet élément dans la fente ?

Mets ta casquette !
Masse ta quéquette !

On boit mieux à treize.
On baise mieux à trois.

Pourquoi plusieurs courses pour un seul but ?
Pourquoi plusieurs bourses pour un seul cul ?

Posez vos livres sur mon ombrelle…
Posez vos lèvres sur mon nombril…

Pure soie de Chine !
Surchoix de pine !

Sachez que mon cœur est pour le vaincu !
Sachez que mon cul est pour le vainqueur !

L'hiver arrive, sortez vos bottes !
L'ovaire arrive, sortez vos bites !

Les plus courtes sont les meilleures

À New York, un gamin d'une dizaine d'années entre dans une boutique :
– Je voudrais ce fusil et un paquet de cigarettes !
Le vendeur dévisage le gamin et lui dit :
– Tes parents savent que tu fumes ?

Un serveur amène son assiette à un client.
– Attention, voyons ! prévient le client. Votre manche trempe dans ma soupe !
– Ce n'est pas grave, monsieur, ma veste est déjà sale...

Une femme recrute une nouvelle femme de ménage :
– Vous verrez, je ne suis pas très difficile...
– Je sais, madame, j'ai vu monsieur en entrant !

Deux vieilles commères papotent sur le trottoir. Une de leurs voisines arrive à leur niveau et leur lance :
– Alors, quoi de neuf chez moi ?

– Qu'est-ce que tu prends pour tes problèmes de poids ? demande une femme à son amie.
– J'achète de la crème.
– Amincissante ?
– Pâtissière...

Une femme va voir une voyante et lui demande :
– Quel est votre tarif, s'il vous plaît ?
– C'est cent euros les trois questions.
– C'est un peu cher, vous ne trouvez pas ?
– Non. Quelle est votre troisième question ?

– Garçon, s'il vous plaît !
– Oui, monsieur ?
– Il y a un cheveu dans mon assiette...
– Oh pardon ! Je pensais les avoir tous enlevés !

Un policier interroge un voleur :
– Pourquoi ne pas avoir rendu son portefeuille à cette dame ?
– Par instinct, monsieur l'inspecteur...
– Instinct... Quel instinct ?
– L'instinct de conservation !

Atroces et bien dégueues

Un homme s'enfonce dans un bois en compagnie d'une prostituée. Il se met à lui mordiller un sein lorsqu'il s'écrie soudainement :
– Hé ! Mais tu viens d'accoucher ? Tu as du lait qui sort du sein ! Pouah !
– Mais non, mon chéri ! Tu viens d'éclater mon furoncle !

Un type demande à son ami :
– Dis-moi… Le clitoris d'une femme, il est devant ou derrière ?
– Mais devant, idiot ! Pourquoi ?
– Merde… J'ai dû lui bouffer une hémorroïde pendant une demi-heure !

Un enfant revient en pleurs de chez sa mamie…
– Pourquoi pleures-tu ? s'inquiète sa mère.
– Parce que je suis un nain, maman…
– Mais tout le monde t'aime tel que tu es, mon enfant ! Qu'est-ce qui ne va pas ?

– C'est mamie, elle se moque de moi parce que je suis petit.
– Mais non... Qu'est-ce qui te fait penser ça ?
– Elle m'a dit : « Prends l'escabeau et va me ramasser des fraises dans le jardin ! »

Un type offre une râpe à fromage à un non-voyant.
– Qu'est-ce que c'est ? demande l'aveugle tout en déballant le paquet-cadeau.
– C'est un livre... Tu verras, l'histoire est très gore !

Un type frappe à la porte, restée entrouverte, de sa grand-mère, puis pénètre dans la maison :
– Salut, grand-mère, c'est moi ! Dis, ça pue le cadavre chez toi ! Grand-mère ! Grand-mère ?

Un couple et leur enfant se promènent en montagne. Le fils rejoint son père qui marchait seul devant et lui demande :
– Papa ! Il y a des ours dans cette montagne ?
– Mais non... Juste des marmottes !
– Ouf! Alors c'est une grosse marmotte qui a mangé maman.

Comment emmerder le monde

Ralentissez au maximum à l'approche d'un feu vert de manière que le moins d'automobilistes possible puissent passer.

Lors d'un passage en caisse, vérifiez scrupuleusement le prix de tous les produits sur le ticket avant de payer !

Roulez dans les flaques d'eau pour éclabousser les piétons !

Imitez le GPS durant tout un parcours lorsque vous êtes passager d'une voiture.

Au cinéma, faites lever tout le monde pour aller vous asseoir au bout d'une rangée pourtant accessible par l'autre côté.

Invitez des gens à dîner et, lorsqu'ils se présentent, dites-leur qu'ils se sont trompés de jour !

Ouvrez et fermez très lentement une porte qui grince…

Prêtez un roman policier à quelqu'un en ayant pris soin d'arracher les dernières pages…

Aspergez un homme marié de parfum féminin.

Secouez vos pellicules au-dessus de la table, dans une assiette, sur un gâteau d'anniversaire…

Simulez un double appel téléphonique pour mettre quelqu'un en attente et chronométrez le temps qu'il patientera avant de se décider à raccrocher !

Racontez une très longue histoire drôle et… oubliez la fin !

Drôles de couples

Alors qu'il discute avec des amis, un type téléphone à sa femme et lui dit :
– Fais-moi couler l'eau chaude, j'arrive !
L'un de ses potes est admiratif :
– Eh bien, toi ! Tu sais parler aux femmes ! Tu lui demandes de te faire couler l'eau chaude… T'es tranquille ! Et elle, pas un mot, elle s'exécute. Moi je dis : « Bravo ! »
– Bah oui… fait le copain. Je ne vais quand même pas faire la vaisselle à l'eau froide !

———

Un couple fait ses courses dans un supermarché…
- Attends ! fait le mari à sa femme. Avant de passer en caisse, je veux aller au rayon des alcools !
- On n'a pas besoin d'alcool ! lui répond sèchement sa femme.
- Ben pourquoi ? tu t'es bien acheté du maquillage, toi ?
- Oui, mais ce n'est pas la même chose ! Le maquillage, c'est pour me faire belle et que tu aies envie de moi.
- Alors je vais acheter de l'alcool, ça marche mieux que le maquillage !

———

Deux copains discutent :
– Alors, ta Saint-Valentin ? Ça s'est bien passé ?
– Bof.
– Ah... Tu t'es encore disputé avec ta femme, je présume ?
– Eh oui... Cette année, pour être sûr de ne pas me tromper, je lui avais demandé ce qui lui ferait plaisir. Elle m'a dit qu'elle aimerait beaucoup une chose qui passe de zéro à cent en moins de deux secondes !
– Et tu lui as offert quoi ?
– Un pèse-personne...

Un couple vient de se marier. Le soir de la nuit de noces, le mari se déshabille et la mariée éclate de rire :
– Ha, ha, ha ! Tu as de tout petits pieds !
– Oui, je sais... répond son mari. En fait, ma mère ne m'achetait pas beaucoup de chaussures, alors elles étaient toujours trop petites et mes pieds n'ont pas grandi...
– J'espère surtout qu'elle n'a pas fait la même chose pour tes couches !

Un couple regarde la télévision...
- Pfff... soupire la femme. Je m'emmerde, et toi ? demande-t-elle à son mari.
- Pfff... Moi aussi je t'emmerde.

Trop blondes

Une blonde se plaint à sa copine :
– Pfff... Je n'arrive pas à perdre du poids !
– J'ai même l'impression que tu as grossi... Pourtant, tu ne prends que des repas spécial régime, non ?
– Oui. J'en prends même deux, je n'avais pas assez à manger !

Une brune et une blonde regardent *Koh-Lanta*.
– Je ne sais pas si je serais capable de tenir autant de temps sans manger ! avoue la brune.
– Et moi, dit la blonde, je ne pense pas que je serais capable de chasser : je ne sais même pas où vivent les sandwichs !

Une brune à une blonde :
– Où tu fais tes courses, toi ?
– Je vais toujours dans le supermarché qu'il y a en bas de chez moi ! répond la blonde. J'y suis tellement connue que les portes s'ouvrent quand j'arrive !

Deux copines, une brune et une blonde, parlent de leurs régimes respectifs :
– Moi, dit la brune, je mange une salade tous les midis.
– Moi, je ne vais plus manger chez Quick, je ne vais qu'au McDo ! dit la blonde.
– Hein ?!
– Bah oui ! Le logo de Quick, c'est un gros Q !

Une brune conseille à sa copine blonde :
– Pour mincir, tu devrais manger cinq fruits et légumes par jour.
– J'ai essayé ! Mais après le troisième chou-fleur, je cale !

Que fait une blonde quand il y a un courant d'air ?
Elle se bouche une oreille.

Sur le bord d'une route, une autostoppeuse blonde voit une autre blonde faire du stop de l'autre côté de la route. Elle hurle pour lui demander :
– Hé ! Comment je fais pour aller de l'autre côté ?
Et l'autre blonde lui répond en criant :
– Tu es déjà de l'autre côté !

Les plus courtes sont les meilleures

Un professeur interpelle une de ses étudiantes :
– Mademoiselle Camélia Utello-Lopez, vous jupe est si courte que l'on peut voir vos initiales !

– Papa ! Papa ! C'est quoi, un vampire ?
– Tais-toi et bois avant que ça coagule.

Un type pisse dans la rue contre un mur… Une dame passe et lui lance :
– Quel animal !
– Ne craignez rien, je le tiens par le cou !

Un imprésario fait écouter une chanteuse à un producteur.
– Alors, qu'en dites-vous ? Vous seriez prêt à la lancer ?
– Oui, par la fenêtre !

Index